Capisci
l'italiano
in 6 mesi

從零開始！打開您的義大利語耳朵！

6個月聽懂義大利語

Giancarlo Zecchino（江書宏）、吳若楠 合著

葛祖尹 插畫

推薦序

　　台灣人有個迷思，一般認為所有的外國人都可以用英語溝通，其實不然。台灣人要能夠在全世界暢行無阻，學習並掌握外語是不二法門。

　　如何引起外語學習者的學習興趣，以及建立自信心是非常重要的。傳統的外語教學偏重詞語和句法的記憶和書寫操練，但人際溝通（不管是面對面還是網路視訊）多半是通過聽說形式。因此，大量的聽力訓練非常重要。

　　書宏在國立台灣師範大學華語文教學研究所就讀期間，表現非常優異，一個義大利人可以把中文學得如此之好，非常值得我們學習。畢業之後，書宏結合在華研所碩士班所學的二語習得，特別是有關語音學和發音教學的關聯，應用於義大利語系統化的發音教材編寫，結合實用的詞語和句型，針對初學義大利語的學習者，進行聽力和口說教學，並具體體現成就動機的二語習得理論，讓學習者在初學義大利語時，就打下良好的聽說基礎，後續能夠永續學習，開始勇敢地運用義大利語來進行人際溝通，本書可作為二語初學教材的良好典範，本人特此推薦由江書宏（Giancarlo Zecchino）所編寫的《6個月聽懂義大利語》這本教材。

曾金金

國立臺灣師範大學
華語文教學系暨研究所　教授
唱歌學中文：翻轉教室與線上華語教學　主編

再也不用說：
「對不起，我聽不懂！」

學習外語時，第一個我們學會的是怎麼用該外語說：「對不起，我聽不懂！可以再說一遍嗎？」顯然，所有外語學習者都會面臨一個同樣的問題，即如何聽懂。因為就算學會了許多語法結構和大量的詞彙，但還是發音很模糊和聽力很差的話，根本無法有效地與外國人溝通。

聽力不佳的學習者，通常發音也不清楚，又因為對自己的發音缺乏信心，就更不好意思開口說話，等於惡性循環。再加上聽力不佳的學習者也不容易快速地背起新的詞彙，不能隨聽隨學新的語言，結果學習外語帶來的，只有無限的挫折感和無奈感！

相對的，身為義大利語的教師，我就希望學生從學外語的過程中，可以得到很大的成就感和興奮感。所以從學生剛開始學習義大利語起，我會想盡辦法改善他們的聽力和發音，因為只有這樣，才能讓學生鞏固學習動機、繼續開心地學習、開始勇敢地運用義大利語來交際。

可惜的是，大部分課本的練習都多半是語法、詞彙或寫作練習，我很確定，若想改善口語能力，學生除了語法練習之外，也需要大量的聽力練習。於是，這本書誕生了。本書的主要目

的，就是提供學習者足夠的素材，讓他們可以有效地練習發音且改善聽力。

本書旨在幫助學習者輕鬆地瞭解義大利語的語音系統、熟悉義大利語的音素、加強聽辨能力、改善聽力，進而讓學習者說出一口母語者般字正腔圓的發音。此外，並提供很多實際的建議和有效的練習、擴大學生的詞彙量，以期協助學習者勇敢開口說義大利語。

本書由三個單元所組成：單元一、義大利語的語音系統：幫助學生瞭解義大利語語音系統的規則，加強聽辨能力。單元二、每天三句的練習：幫助學生熟悉義大利語的發音、培養天天練習以及接觸義大利語的習慣、讓學生鍛鍊面部肌肉以及擴大詞彙量。單元三、保羅的事蹟：幫助學習者用輕鬆好玩的方式聽義大利語、習慣聽較長的片語，以及協助學習者勇敢開口說義大利語。本書可單獨使用，也可與《6 個月學會義大利語》系列一起搭配使用。

透過本書的內容和練習，期望每個學生都能培養天天練習義大利語的習慣、勇敢無畏地聽義大利人說話、開開心心地與他們溝通。最重要的是，從學習中得到成就感、享受整個過程、體驗學習外語的樂趣！因為總會一天，你再也不會說：「對不起，我聽不懂！」

如何使用本書

最厲害、全方位的義大利語聽力學習教材就是這一本！跟著本書 3 步驟，幫助你打開義大利語耳朵，6 個月就是要你學會義大利語、聽懂義大利語！

步驟 1：從發音規則開始學習與練習聽力，最基礎！

學習主軸

每個單元一開始都有學習主軸以及學習要點，讓你知道如何按部就班提升義大利語的聽力實力！

本文

每課皆有說明或實用單字，再加上簡單易懂的複習表格，輕鬆學會義大利語的發音！

實用建議

針對華人最易混淆的發音，本書特別整理出「實用建議」，貼心的提醒，讓你立即突破義大利發音的困難點！

錄音、下載圖示、QR Code

看到錄音的圖示時可以錄下自己的發音，並與 MP3 音檔做對照，彷彿與老師在課堂上互動，學習更靈活！

另外還可輕輕一掃 QR Code 觀看學習短片或從 www.sialiacademy.com 下載更多同系列教材的學習素材，學習更多元！

彩色插畫

生動活潑的插畫，讓你加深學習印象，記憶更深刻！

步驟 2：40 天的聽力練習，
結合詞彙與句子，最踏實！

聽、説、讀、寫的練習

全方位的學習，聽、說、讀、寫面面俱到，
打造你的義大利語學習環境！

主動型的練習

拋開傳統制約式被動學習，引
導學習者透過觀察與分析，推
論出問題的答案，培養解決問
題的態度與能力！

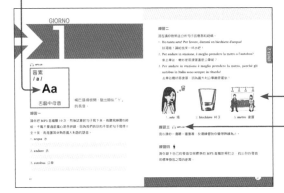

MP3 圖示

作者親錄教學 MP3，有慢速、
快速兩種語速，讓你跟著說出
一口流利又漂亮的義大利語！

小測驗

每個單元在學習內容之後都有
小練習，學習完馬上測驗，立
即了解學習成效，再次補強！

螺旋編排法

將同樣的學習內容以不同的形
式重複出現，一方面加深印象，
一方面增加學習的趣味性！

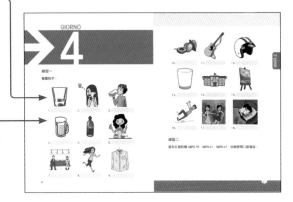

中文課文

先用中文了解情境，克服聽外語時常會出現的抗拒感和心理壓力，提高聽力練習興趣！

聽一聽

一邊看漫畫一邊聽 MP3 音檔，漫畫不但可以幫助你在腦海中將所聽到的故事描繪出來，還可凝聚學習的注意力，幫助你全神貫注地聆聽課文！

寫一寫

跟著慢速的 MP3 音檔學會生詞，還可從下方的詞彙表學習較不熟悉或是會干擾到聽力的一些詞彙，增進義大利語的詞彙量！

讀一讀

不只是「聽」，還要「說」，才能將義大利語的發音牢牢記住！而在練習說故事之前，再唸一次課文，熟悉較困難的發音，奠定「說」的基礎實力！

問答

提問式的互動學習，讓你做好準備以開口說故事，就彷彿老師在身邊，更能加深你對義大利語的印象！

說一說

聽了、看了故事之後，要練習開口說，因此最後的這個練習是最重要的練習！說故事時，最好錄下自己的聲音，之後再仔細聆聽錄音檔，分析自己的長處與弱點，進而修正弱點！

目次

① 發音規則：讓你的發音打下最穩固的基礎！

**每日練三句：
讓你的發音有了神奇的進步的好方法！**

已練習完的可以在這裡打個勾，確認自己的練習進度！

3 保羅在北極：
讓你的聽說能力大大進展的有趣故事集！

附錄

單元一
發音規則
讓你的發音打下最穩固的基礎！

　　義大利語總共有 28 個音素。其中有些對於華語母語者而言比較容易學會，因為華語的語音本身便具有同樣或相似的音素，如 /m/ 和 /l/；有些音素則比較困難，如 /r/、/ɲ/、/ʎ/、/b/、/d/、/p/ 和 /t/。此外，子音群、雙子音、重音和語調往往也給學習者帶來困擾，但本書將帶領大家克服困難，紮實地學好發音，所以不用擔心。本單元共分為 5 課。

中　　義　　　義中

	部位	雙唇音		舌尖音	舌葉音	捲舌音	舌面音		
方式		雙唇	唇齒	齒齦	齒齦	前硬顎	後硬顎	軟顎	
塞音	清音	p		t				k	
	送氣	pʰ ㄆ		tʰ ㄊ				kʰ ㄎ	
	濁音	b		d				g	
	不送氣	p ㄅ		t ㄉ				k ㄍ	
擦音	清音		f ㄈ	s ㄙ	ʃ	ʂ ㄕ	ɕ ㄒ	x ㄏ	
	濁音		v	z					
塞擦音	清音			ts			tʃ		
	送氣			tsʰ ㄘ		tʂʰ ㄔ	tɕʰ ㄑ		
	濁音			dz			dʒ		
	不送氣			ts ㄗ		tʂ ㄓ	tɕ ㄐ		
鼻音		m ㄇ		n ㄋ			ɲ		
邊音				l ㄌ			ʎ		
顫音				r					
通音						ʐ ㄖ	j	w	

義大利語子音系統與華語子音系統之對照

　　對華語母語者來說，義大利語的發音是最容易學的。請參考左邊的表格來對照義大利語和華語的子音系統，從中不難看出，義大利語與華語的子音之間，最大的差異在於義大利語分為清音與濁音，而華語則分為送氣音與不送氣音，例如義大利語分為清音 /p/ 和濁音 /b/，華語則分為不送氣音 /p/ 和送氣音 /pʰ/。結果，華語母語者常常把 /p/ 發成 /b/。本單元的 3.2 會說明怎麼克服該發音難點。其實，義大利語的音素中只有幾個音素是華語母語者不熟悉的，即：/v/、/z/、/tʃ/、/dʒ/、/ʃ/、/ts/、/dz/、/ʎ/、/ɲ/、/r/、/j/、/w/，但對華語母語者而言，除了 /r/ 和 /ʎ/ 之外，要學會這些音素並不困難。本單元的 2.1 和 3.1 會說明，怎麼練習說出 /r/ 和 /ʎ/ 這兩個難度比較高的音素。

　　此外，如果我們對照義大利語與英語和法語的發音，就能更確定義大利語的語音系統實在是最容易習得的！事實上，英語系統的發音雖然不難發，可是因為發音系統沒有固定的規則，所以很容易會造成學習者的困擾。例如，母音 a 可以唸 /ɑ/（car [kɑr]）、/ɔ/（tall [tɔl]）、/æ/（band [bænd]）、/eɪ/（base [beɪs]）等。結果，學習者不知道什麼時候要唸 /ɑ/ 或 /ɔ/ 或 /æ/ 或 /eɪ/，因此只好把每個詞的發音獨立死背，無限增加學習負擔。而與英語不同，義大利語母音 a 只唸 /a/ 那麼簡單！另外，法語與英語又不同，法語的發音系統有非常明確的規則，可惜因為規則非常多，反而大大增加學習者的學習負擔。例如，ai 和 ei 要發 /ɛ/、ou 要發 /u/、au 和 eau 要發 /o/、eu 和 oeu 要發 /ø/、oy 要發 /waʒ/、oi 要發 /wa/……等。不僅母音很多，而且寫跟說的差距也很大。相對的，義大利語的語音不但好發，發音規則又不多。所以，義大利語可以說是一種怎麼寫就怎麼唸，並且發音規則只有幾個，非常容易背起來的語言！

義大利語語音系統的音素與字素

母音		子音 一字母一音		子音 一字母兩音		複合子音	
字素	音素	字素	音素	字素	音素	字素	音素
a	/a/	p	/p/	c	/k/	cq	/k/
e	/ɛ/	b	/b/	c	/tʃ/	sc	/ʃ/
e	/e/	t	/t/	g	/g/	gn	/ɲ/
i	/i/	d	/d/	g	/dʒ/	gl	/ʎ/
o	/o/	f	/f/	s	/s/		
o	/ɔ/	v	/v/	s	/z/		
u	/u/	l	/l/	z	/ts/		
		m	/m/	z	/dz/		
		n	/n/				
		q	/k/				
		r	/r/				

第一課
音素與字素

　　義大利語具有28個音素。「音素」指的是我們所聽到的音，「字素」則指的是為了標記某個音所使用的字母。例如，音素 /k/ 會根據所搭配母音的不同，而以 c 或 ch 不同的字素呈現。

1.1 音素 / tʃ / ：c

1.2 音素 / dʒ / ：g

1.3 音素 / k / ：c、ch、q、cq

1.4 音素 / g / ：g、gh

觀看第一課的短片
https://youtu.be/QwE6gcDUMi8

1.1 音素 /tʃ/ 🎧 MP3-01

c + e 唸 /tʃe/，
c + i 唸 /tʃi/，
例如：

1. cenare 吃晚餐 /tʃe'nare/

2. Cina 中國 /'tʃina/

c	e	/tʃe/
	i	/tʃi/

1.2 音素 /dʒ/ 🎧 MP3-02

g + e 唸 /dʒe/，
g + i 唸 /dʒi/，
例如：

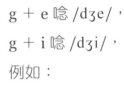

1. gelato 冰淇淋 /dʒe'lato/

2. girare 轉 /dʒi'rare/

g	e	/dʒe/
	i	/dʒi/

1.3　音素 /k/　🎧 MP3-03

c＋a唸/ka/，c＋o唸/ko/，c＋u唸/ku/，例如：

1. camicia　襯衫 /ka'mitʃia/

2. correre　跑步 /'koȓere/

3. cucinare　做菜 /kutʃi'nare/

	a	/ka/
c	o	/ko/
	u	/ku/

ch + e 唸 /ke/，
ch + i 唸 /ki/，
例如：

字素 q 和子音群 -cq
也唸 /k/，例如：

4. forchetta 叉子 /for'keîa/

6. quadro 畫像 /'kuadro/

5. chitarra 吉他 /ki'taîa/

7. acqua 水 /'akua/

ch	e	/ke/
	i	/ki/

1.4 音素 /g/ 🎧 MP3-04

g ＋ a 唸 /ga/，g ＋ o 唸 /go/，g ＋ u 唸 /gu/，例如：

1. gatto 貓咪 /'gaîo/

2. gonna 裙子 /'goña/

3. gufo 貓頭鷹 /'gufo/

	a	/ga/
g	o	/go/
	u	/gu/

gh + e 唸 /ge/，

gh + i 唸 /gi/，

例如：

gh	e	/ge/
	i	/gi/

4. traghetto 渡船 /tra'geĩo/

5. ghiaccio 冰塊 /'giatʃio/

1.4.a 🎧 MP3-05

請圈出所聽到的音。

1. ga   ca

2. co   go

3. ci   chi

4. ge   ghe

5. gu   cu

6. chi   ghi

1.4.b 🎧 MP3-06

請圈出所聽到的音。

1. ge   ce
2. ghe   che
3. gi   ci
4. che   ce
5. che   ghe
6. ci   ghi

1.4.c ⬇ 🎧 MP3-07

請先下載「拼字卡」，再播放錄音，聽到哪一個音節就抽出該音節的「拼字卡」。

1.4.d 🎧 MP3-08

請以 c 和 ch 填空。

1. _____ asa   4. _____ omodino
2. _____ ioccolato   5. _____ iesa
3. _____ eramica   6. _____ uscino

1.4.e 🎧 MP3-09

請以 g 和 gh 填空。

1. ___ omito   4. ___ eografia

2. ___ omitolo   5. ___ esto

3. ___ iostra   6. ___ etto

1.4.f 🎧 MP3-10

請以 c、ch、g 和 gh 填空。

1. ___ onfio   4. ___ ubico

2. ___ era   5. ___ ilo

3. ___ epardo   6. ___ antare

2

第二課
子音群

　　義大利語最常見的子音群有：bl、br、cl、cq、cr、dr、fl、fr、gl、gn、gr、pl、tr、sp、st、sm、sb、sv、sc、sbl、sbr、scl、sdr、sfr、sgr、spl、spr、str。這些子音群中，學習者最容易弄錯的是 gl、gn 和 sc，在此特別加以說明。

2.1 音素 / ʎ / ：gl

2.2 音素 / ɲ / ：gn

2.3 音素 / ʃ / ：sc

觀看第二課的短片
https://youtu.be/1AQ5-BdKQYM

2.1 音素 /ʎ/ 🎧 MP3-11

gl + a 唸 /gla/，gl + e 唸 /gle/，gl + i 唸 /gli/，gl + o 唸 /glo/，gl + u 唸 /glu/，但是 gl + i 通常也唸 /ʎi/，例如：

	a	/gla/
	e	/gle/
gl	i	/gli/
		/ʎi/
	o	/glo/
	u	/glu/

1. biglietto 票 /biˈʎieᵗo/

2. figlio 兒子 /ˈfiʎio/

實用建議：如何練習發出音素 /ʎ/

　　不少華語母語者作為初學者時，常把「gli」/ʎi/ 發成 /li/。之所以有這個現象，是因為華語的發音系統裡沒有 /ʎ/ 這個音。從發音圖可以看出 /ʎ/ 跟 /l/ 的舌頭位置不同，發 /ʎ/ 時舌面中部要頂向上顎。

　　為了把這個音發得很準確，學習者要努力模仿義大利語母語者的口形。一開始發這個音時難免感覺不太自然，因而有點尷尬，但為了學會就需要克服該心理障礙。此外，練習這個音的時候，一定會覺得臉部的肌肉有點痠痠的，這種情形很正常，因為發音時你使用了講中文時很少用到的肌肉。其實練習時如果有臉部痠痛的感覺，反而代表舌頭和面部的位置是正確的！

2.1.a 🎤 🎧 MP3-12

請聆聽錄音檔幾次，然後看著鏡子把下列的詞唸出來並且錄下來。發音時，請注意面部肌肉的變動。最後，聆聽並對照你的錄音檔與標準發音的音檔。

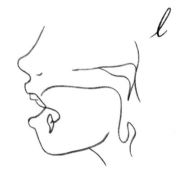

1. gli
2. aglio
3. foglia
4. moglie

2.2 音素 /ɲ/ MP3-13

gn ＋ a 唸 /ɲa/，gn ＋ e 唸 /ɲe/，
gn ＋ i 唸 /ɲi/，gn ＋ o 唸 /ɲo/，
gn ＋ u 唸 /ɲu/，例如：

1. bagno 洗手間 /'baɲo/

2. disegnare 畫畫 /dise'ɲare/

gn	a	/ɲa/
	e	/ɲe/
	i	/ɲi/
	o	/ɲo/
	u	/ɲu/

2.3 音素 /ʃ/ MP3-14

sc ＋ e 唸 /ʃe/，
sc ＋ i 唸 /ʃi/，
例如：

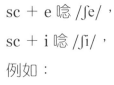

1. scendere 下（樓梯／車）
/'ʃendere/

2. scivolare 滑倒 /ʃivo'lare/

sc	e	/ʃe/
	i	/ʃi/

不過，請注意，子音群 sc ＋ a 唸 /ska/，sc ＋ o 唸 /sko/，
sc ＋ u 唸 /sku/，sch ＋ e 唸 /ske/，sch ＋ i 唸 /ski/，
例如：

3. pesca 桃子 /ˈpeska/

4. casco 安全帽 /ˈkasko/

5. scuola 學校 /ˈskuola/

6. pescheria 海產店 /peskeˈria/

7. fischiare 吹口哨 /fiˈskiare/

	a	/ska/
sc	o	/sko/
	u	/sku/
sch	e	/ske/
	i	/ski/

2.3.a 🎧 MP3-15

請圈出所聽到的音。

1. sca   sco
2. sche   sce
3. scu   sca
4. sci   schi
5. sce   che
6. ci   sci

2.3.b 📥 🎧 MP3-16

請先下載「拼字卡」，再播放錄音，聽到哪一個音節就抽出該
音節的「拼字卡」。

2.3.c 🎧 MP3-17

請以 sc 和 sch 填空。

1. _____ iogliere   6. _____ ema
2. _____ iena   7. _____ emo
3. _____ egliere   8. _____ iocco
4. _____ ena   9. _____ eletro
5. _____ iare   10. _____ ifo

3 第三課
義大利語 語音困難點

對華語母語者來說，造成最大的困擾的音素有三種：

✓ 彈舌音 /r/

✓ 清、濁音分不清楚，如 /b/、/p/、/d/、/t/、/s/、/z/、/ts/、/dz/

✓ 雙子音

3.1 音素 / r / ：r

3.2 音素 / b /、/ p /、/ d /、/ t /：
b、p、d、t

3.3 音素 / s / 或 / z /：s

3.4 音素 / ts / 或 / dz /：z

3.5 雙子音

觀看第三課的短片
https://youtu.be/-U1P78NoRlM

3.1 音素 /r/

對於華語母語者而言，彈舌音 /r/ 是義大利語發音系統的最大困難點，為什麼呢？有三個原因：一、焦慮，二、尷尬，三、華語的語音系統裡沒有彈舌音。

一、焦慮：

焦慮是說外語的最大敵人，因為焦慮程度高的時候，連說自己的母語都會卡卡的，更不用說是外語。

為了幫助你降低焦慮，我能保證，就算你的彈舌音發得沒有很漂亮，義大利人還是都能聽懂！畢竟彈舌音甚至連一些義大利人也不會發，不過義大利人彼此之間還是能溝通！所以，請你放輕鬆！

再者，學會外語發音是需要時間的，因此請不要給自己額外的壓力，因為壓力會提高焦慮，而焦慮會妨礙你好好練習，因此而放慢你的進步！所以，我建議你先不要把太多的精神放在練習彈舌音上面，反而鼓勵你先培養良好的聽力能力，然後再開始煩惱怎麼改善你的彈舌音。因為與其讓彈舌音削弱你學習外語的心願，不如先練習培養能鞏固你的學習動力的能力。

二、尷尬：

練習外語發音的時候，因為要發出平常我們不用發的音，所以很容易覺得做作、不自然、不正常而感到尷尬。再加上，為了發出某些外語的音，也要做些奇怪的表情，故學生很容易覺得尷尬，這是因為臉部的肌肉要做平常不做的動作。給你一個克服尷尬心理的小建議：

當練習外語發音需要做這些尷尬的表情時，請大量運用幽默感！

三、華語的語音系統裡沒有彈舌音：

　　如果一開始你學不會怎麼發彈舌音，請不要沮喪，因為經過長期反復的練習，最後還是學得會，所以請不要驚慌！其實你最先需要做的不是練習發彈舌音，而是多聽彈舌音，因為有輸入才能有輸出。例如，華語母語者很容易把 /l/ 與 /r/ 這兩個音素混淆，所以需要做大量的聽辨練習，才能分清這兩個音素。分辨清楚了以後，才能把彈舌音發得很標準。

3.1.a 🎧 MP3-18

請圈出所聽到的單字。

1.gambero	gambelo
2.falfalla	farfalla
3.carino	calino
4.sciale	sciare
5.callo	carro
6.fiole	fiore

3.1.b 🎧 MP3-19

請以 l 和 r 填空。

1. ca___o	4. so___e
2. sa___e	5. fa___o
3. be___e	6. me___a

實用建議：怎麼練習發出音素 / r /

要學會發彈舌音，首先需要調整你對彈舌音的認知，還要瞭解彈舌音背後的物理原則。你應該把舌頭想像成一片掛在樹上的葉子，颱風時葉子會振動而發出聲音來。同樣道理，你的舌頭應該跟一片葉子一樣輕，才能被氣流振動。就是因為這個原因，很多發音書描述發彈舌音的方法時，再三強調首先要讓舌頭放鬆。

另外，就算葉子非常輕卻沒有風，這一片葉子還是振動不了！同樣地，要你的舌頭振動，就要有氣流。很多學生不會發彈舌音的主要原因，就是因為氣流不夠。你怎麼樣才能判斷你的氣流夠不夠大呢？很簡單！把手掌放在嘴巴前面，吹氣時，如果你的手掌感覺不到氣流，你就可以知道答案。

現在就能開始練習發彈舌音。首先要讓你的舌頭放鬆，好像葉子般一樣輕；做出發 /s/ 的音的嘴形，接著用力吹氣，然後一邊繼續吹氣一邊試著用舌頭擋住氣流，自然而然舌頭的振動就會發出聲音。持續反復練習，讓發音器官與大腦習慣並記憶舌頭震動時的感覺與發音部位。

貼心提醒：

- 不要控制你的舌頭，而是讓舌頭在氣流流經時，好像樹葉被風吹的時候一樣，自然而然上下擺動。
- 別把舌頭放在牙齒之間或壓在上方的牙齒後面。
- 善用幽默感克服尷尬的心理。
- 記得彈舌音不是學習義大利語的核心且放鬆。

3.1.c 🎤🎧 MP3-20

請聆聽錄音檔幾次，然後看著鏡子把下列的詞唸出來並且錄下來。
發音時，試著體會舌頭震動。最後，聆聽並對照你的錄音檔與標
準發音的音檔。

1. **bra**vo
2. **bru**tto
3. om**bre**llo

4. **pra**nzo
5. **pri**mo
6. **pre**sto

3.1.d 🎤🎧 MP3-21

請聆聽錄音檔幾次，然後看著鏡子把下列的詞唸出來並且錄下來。
發音時，試著體會舌頭震動。最後，聆聽並對照你的錄音檔與標
準發音的音檔。

1. **cra**vatta
2. **fra**ncese
3. pi**gro**

4. la**dro**
5. **tro**ppo
6. fine**stra**

3.1.e 🎤🎧 MP3-22

請聆聽錄音檔幾次，然後看著鏡子把下列的詞唸出來並且錄下來。
最後，聆聽並對照你的錄音檔與標準發音的音檔。

1. tornare
2. ballare
3. parlare

4. rosa
5. Roma
6. ripetere

3.1.f 🎧 MP3-23

華語母語者的發音難點是子音 c 和 g 的拼法、子音群 gl、gn、sc 和 r 的發音。請先聽兩次《義大利語發音之歌》來熟悉這些發音和它們的拼法，再跟著唱歌。

II	iii			/i/
EE	eee			/e/
CHI	chi	chi	chi	/ki/
CHE	che	che	che	/ke/
CI	ci	ci	ci	/tʃi/
CE	ce	ce	ce	/tʃe/
GHI	ghi	ghi	ghi	/gi/
GHE	ghe	ghe	ghe	/ge/
GI	gi	gi	gi	/dʒi/
GE	ge	ge	ge	/dʒe/
GNI	gni	gni	gni	/ɲi/
GNE	gne	gne	gne	/ɲe/

GLI	gligligli **gligligli**		gligligli **gligligli**	/gli/ **/ʎi/**
SCHI	schi	schi	schi	/ski/
SCHE	sche	sche	sche	/ske/
SCI	sci	sci	sci	/ʃi/
SCE	sce	sce	sce	/ʃe/
RLRL	rrrrllll	rrrrllll		/r/ /l/

3.2 音素 /b/、/p/、/d/、/t/ 🎧 MP3-24

　　大多數華語母語者常常把 /t/ 發成 /d/，以及把 /p/ 發成 /b/。之所以有這個現象，是因為中文與義大利語不同：中文發音系統沒有清音、濁音的分別，而有送不送氣的分別。所以學習者聽得出義大利語的 /t/ 和 /p/ 與中文不同，但是無法掌握差異到底在哪裡以及如何發這兩個音。要克服該難點，唯一方法是透過反復的聽辨練習讓聽力變得越來越敏銳，讓耳朵和頭腦意識到 /t/ 和 /p/ 這兩個清音的特質。

1. ballare 跳舞 /ba'îare/

2. parlare 說 /par'lare/

3. dormire 睡覺 /dor'mire/

4. tornare 返回 /tor'nare/

3.2.a 🎧 MP3-25

請以 b 和 p 填空。

1. _____ ottone
2. _____ arlare
3. _____ iscotto
4. _____ agina
5. _____ anino
6. _____ asta

3.2.b 🎧 MP3-26

請以 d 和 t 填空。

1. _____ ado
2. _____ emere
3. _____ opo
4. _____ olore
5. _____ imenticare
6. _____ enere

3.3 音素 /s/ 或 /z/ 🎧 MP3-27

　　義大利語的子音 s 可以唸清音 /s/ 或濁音 /z/，不過許多義大利人往往也分不清什麼時候要唸哪一個，因此練習這兩個音的時候不用給自己太大的精神壓力。例如：

1. sedia 椅子 /'sedia/

2. sveglia 鬧鐘 /'zveʎia/

3.4 音素 /ts/ 或 /dz/ 🎧 MP3-28

　　義大利語的子音 z 可以唸清音 /ts/ 或濁音 /dz/，不過許多義大利人往往也分不清什麼時候要唸哪一個，因此練習這兩個音的時候不用給自己太大的精神壓力。例如：

1. zucca 南瓜 /'tsuĉa/

2. zaino 背包 /'dzaino/

3.5 雙子音 🎧 MP3-29

有時同一個子音連續出現兩次，我們稱之為雙子音。
雙子音的發音時間長短要比單子音來得長一些，例如：

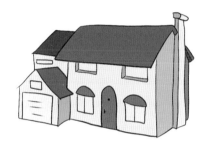 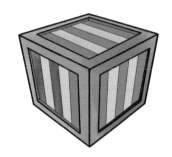

1. casa 房子 /'casa/　　2. cassa 箱子 /'caŝa/

華語裡沒有雙子音，因此不管是 casa /casa/（房子）還是雙子音 cassa /'caŝa/（箱子），在華語母語者的耳裡往往都聽成了 /'caŝa/。為了克服這個問題，學習者需要多做聽辨練習，好讓耳朵聽得出這些相似的發音之間的差別。

實用建議：如何練習發出雙子音

要學會外語的發音，第一個步驟就是提高耳朵的辨別能力。由於耳朵不熟悉外語的發音，因而容易混淆類似的發音。

3.5.a MP3-30

請圈出所聽到的音。

1. cavallo	cavalo
2. monello	monelo
3. legero	leggero
4. panzerotto	panzeroto
5. mozarela	mozzarella
6. mortadella	mortadela

3.5.b MP3-31

請聆聽錄音檔幾次，然後看著鏡子把下列的詞唸出來並且錄下來。
最後，聆聽並對照你的錄音檔與標準發音的音檔。

1. bello	6. febbre
2. tappo	7. carro
3. latte	8. cappotto
4. pizza	9. cappuccino
5. tassa	10. cappello

LEZIONE
4

第四課
義大利語母音系統

義大利語共有 7 個母音：/a/、/ɛ/、/e/、/i/、/o/、/ɔ/ 與 /u/。

最常用的有 5 個：/a/、/e/、/i/、/o/ 與 /u/。

4.1 音素 /ɛ/、/e/、/o/、/ɔ/：
e、o

4.2 二合母音

4.3 外來字母：j、k、w、x、y

觀看第四課的短片
https://youtu.be/T0T1oY8Jc9k

4.1 音素 /ɛ/、/e/、/o/、/ɔ/

　　義大利語母音 e 可以唸 /ɛ/ 或 /e/，母音 o 可以唸 /o/ 或 /ɔ/，不過大部分的義大利人也分不清何時要唸哪一個，因此不用花太多精神辨別這些音素。例如：pesca 這個詞若唸 /'pɛska/，意思是「釣魚」，若唸 /'peska/，意思是「桃子」。

1. pesca　釣魚 /'pɛska/　　　2. pesca　桃子 /'peska/

4.2 二合母音 🎧 MP3-32

　　「二合母音」指的是兩個連在一起的母音，而構成二合母音的兩個母音中，通常一個是 i 或 u，最常見的二合母音有：/ia/、/ie/、/io/、/ua/、/ue/、/uo/、/ai/、/ei/、/oi/、/au/、/eu/。若要把二合母音唸得正確，只要記得一個簡單的規則，即重音不落在 i 和 u 上，而是落在伴隨著它們的母音上，例如：euro（歐元）要唸 /'euro/，即重音在 e 的上面而非 u 的上面；Austria（奧地利）要唸 /'austria/，即重音在 a 的上面，而非 u 的上面。

　　不過，也有些例外，例如 paura（恐懼）要唸 /pa'ura/，即重音在 u 的上面。而如 pizzeria（披薩店）、gelateria（冰淇淋店）、panetteria（麵包店）等以 -ia 為結尾的各種商店的稱呼，重音都落在 i 的上面。

1. euro 歐元 /'euro/　　2. panetteria 麵包店 /paneˆte'ria/

4.3 外來字母

　　義大利語的外來字母有 5 個：j（i lunga）、k（cappa）、w（doppia vu）、x（ics）、y（ipsilon 或 i greca），都不常用，而且所有以這些字母開頭的詞都是外來語，因此為了減少學習者的負擔，本書不加以解釋。

5

第五課
鍛鍊出母語者般字正腔圓的發音

　　想要讓別人覺得我們已經充分掌握義大利語，關鍵不在於我們的詞彙量有多大或者我們會用多少語法結構，而在於我們的發音。就算我們只是初學者，清楚的發音會令人感覺我們很擅長義大利語。而想要說出一口母語者般字正腔圓的義大利語，祕訣在於精準掌握重音和語調。

5.1 重音

5.2 連音

5.3 語調

觀看第五課的短片
https://youtu.be/4mPfScRrIUQ

5.1 重音 🎧 MP3-33

重音也是困擾學習者的難點之一，學生每次看到生詞時，尤其是較長的那些，往往會猶豫重音要落在哪一個音節上。在此告訴大家一個簡單的規則，即義大利語的單詞的重音大多會落在「倒數第二個音節」上，例如 laṭ-te（牛奶）、ci-nẹ-se（中國人）。但也存在著一些例外，例如 città（城市）。除了重音落在最後一個音節時以外，書寫時一般不標重音。

1. latte 牛奶 /'laîe/　　2. cinese 中國人 /tʃi'nese/

實用建議：如何判斷重音落在哪個音節？

關於重音，要記得一個重要原則：一般而言，重音落在「倒數第二個音節」上，但初學者往往不太瞭解「音節」是什麼。

一個音節是由「一個母音」、「一個子音加母音」或者「一個子音群加母音」所構成，例如：

「amore」由 a-mo-re 三個音節所構成

「treno」由 tre-no 兩個音節所構成

「plastica」由 pla-sti-ca 三個音節所構成

現在請你分析下列詞語的音節，你發現什麼呢？

「scar-pa」

「cal-za」

「spu-man-te」

「bam-bi-no」

r、l、n、m 與前面的母音構成音節。

現在請你分析以下詞的音節，你發現了什麼呢？

「cap-pel-lo」

「spaz-zo-li-no」

「pro-sec-co」

有雙子音的時候，兩個子音分別屬於前後兩個音節。

5.1.a

請標示出下列詞語的音節。

1. aperitivo

2. giubbotto

3. ombrello

4. andare

5. bottiglia

6. birra

7. cinema

8. difficile

9. domanda

10. entrata

11. economico

12. febbre

13. freddo

14. gatto

15. insegnante

16. importante

17. insalata

18. leggere

19. libro

20. mamma

21. macchina

22. nonno

23. nervoso

24. nuotare

25. parlare

26. rompere

5.2 連音 🎧 MP3-34

若前面的詞以子音為結尾，後面的詞以母音開頭，在這個情況要連音，例如：

✓ 「Per arrivare in orario, devi partire alle otto」（要準時抵達，你得八點出發）中的「per arrivare」要想像成一個詞「perarrivare」一起讀。

✓ 「Non è per niente facile」（一點都不容易）中的「non è」要想像成一個詞「nonè」一起讀。

5.3 語調 🎧 MP3-35

陳述句的音調往下降，例如：Ho fame!（我餓了！）

問句的音調往上揚，例如：Hai fame?（你餓了嗎？）

5.3.a 🎤 🎧 MP3-36

請先聽音檔幾次,再跟讀模仿並錄音。最後,聆聽並對照你的錄音檔與標準發音的音檔,判斷是否學得很像。

1. La stazione è lontana da qui.

   火車站離這裡很遠。

2. La stazione è lontana da qui?

   火車站離這裡很遠嗎?

3. Vieni anche tu con noi!

   你也跟我們一起來吧!

4. Vieni anche tu con noi?

   你也跟我們一起來嗎?

5.3.b 🎧 MP3-37

請先聽句子,然後決定是否要加句點還是問號。

1. Chiaro

2. Davvero

3. Aspetta un attimo

4. Cosa ti offro

5. Puoi ripetere

6. Non ci credo

實用建議：如何使語調像母語者一樣自然？

為了掌握語調何時該上揚、何時該下降，唯一的方法就是反復聽義大利語的對話，並努力模仿。模仿時最好錄下自己的聲音，並跟原來的音檔對照。這種練習能讓您培養語感，意識到自己的語調還有哪些有待改善的地方，久而久之你的發音就會跟母語者一樣自然流暢。

單元二
每日練三句：
讓你發音有了神奇
的進步的好方法！

請你每天撥出 20 分鐘的時間（當然能撥出更多時間更好）輕鬆地重複聆聽本單元的 MP3 音檔。請注意，在這個階段裡聽 MP3 音檔的主要目的不是為了聽懂，而是為了習慣外語的音節和語調！聽的時候，如果你發現自己的頭腦開始發呆停擺，請稍作休息再繼續聽。無論何時何地你都可以聆聽這些 MP3 音檔：「排隊時、坐車時、等人時，都是練習聽力的好時機！」

加強聽力：為何重要？

　　本課本的「單元一」介紹了學習者常常會遇到的發音難點。但如何才能克服這些發音難點，練出一口漂亮的發音呢？了解並掌握發這些音時的舌頭和口腔的正確位置、反復操練且不斷模仿標準的發音，這些的確是不可缺少的，不過在這之前首先得改善聽力。為什麼呢？因為「要聽得清楚才能發得清楚！」問題是初級學習者聽外語時，多半只能聽到一堆模糊不清的聲音，把許多音都混淆在一起。其實初級學習者跟外國人對話時就好像聾人一樣，聽不清對方在說什麼，只會聽到很多很模糊的聲音。

也許你有過這個經驗：為了學習外語你聽過一些對話的錄音檔，你覺得聽不清楚，於是把音量調大，但還是聽不大清楚。其實錄音檔的音量沒問題，而你的耳朵的機能也很正常，但究竟為何好像聽不見呢？這是因為人腦有一種聽覺過濾的功能。這是個什麼樣的功能呢？它又以何種方式影響著我們的聽力呢？

人腦的過濾功能好比中世紀歐洲城堡的升降橋，一聽到不熟悉的發音，橋便升起關閉城牆，謝絕不熟悉的音節。所以，開始學習外語時，首先要重新設定大腦中的升降橋，調整聽覺過濾功能的設定。

一旦人腦開始接受大量的外語輸入，學習者的發音也會因此漸入佳境，因為優良的輸入導致良好的輸出。此外，因為進來的訊息都是可以理解的輸入，大腦因而能記得住，學習者也得以輕易且快速地擴充詞彙量！

問題是怎樣可以調整好聽覺過濾功能的設定呢？要不斷地聽外語。總之，「良好的聽力不但可以讓學習者聽懂外語，也能幫助他改善發音並擴充詞彙量。」

改善發音：怎麼做？

1. 要每天聽義大利語

　　每天要撥出時間聽義大利語，但你可能不住在義大利，所以要怎麼樣才能做到這一點呢？如今我們可以透過網路看到不少義大利電影、短片或電視節目，也可以收聽義大利的音樂和廣播。不過如果你一開始便採取這種方式，很快就會感到氣餒，因為難度實在太高了！本單元推出了「每日練三句」的練習。請你從今天開始每天撥出 20 分鐘的時間聽 MP3 音檔並進行相關的練習。40 天後你會非常驚訝，因為你會發現你的聽力和發音有了神奇的進步！你再也不會害怕聽到義大利語，相反的你愈來愈能猜出語意，並享受隨之而來的成就感！

2. 先聽再重複

　　要讓發音進步的話，光聽還是不夠的！一邊聽一邊重複才能讓臉部的肌肉習慣義大利語的發音部位。建議你一邊跟讀一邊照鏡子，以確認並記住嘴型和舌頭的位置。

3. 大聲閱讀

　　大聲閱讀能增強你的記憶力，幫助你背起更多的生詞，也可以讓你的耳朵熟悉義大利語發音。請注意：「學外語的要訣不是多看而是多聽！」

4. 錄音和監督自己的發音

　　反復將句子或短文朗讀幾次，熟練了之後，就可以錄音。錄完了，就要馬上聽自己的發音。要努力聽出你的發音與標準的發音有哪些落差，也要診斷你最常說錯的發音有哪些，並針對這些音素繼續練習。

培養良好的練習習慣：怎麼做？

開始學習外語之前，你首先要做的不是找老師、學校或課本，而是調整你的時間表。在這六個月裡，練習義大利語必須是你生活中的主要的目標和活動之一。在忙碌的生活中要每天找出時間學習義大利語實在不簡單，不過「既然你已經決定要學好義大利語，就得天天撥出時間接觸義大利語！」該怎麼做呢？

1. 要有決心

下定決心每天至少撥出 20 分鐘的時間學習義大利語，第一個月過後，就要開始漸漸增加學習時間。第三個月過後，你應該每天撥出 1 到 2 個小時學習義大利語。

2. 要有計畫

需要做周詳的安排，才能每天撥出時間學習義大利語。所以你首先應該分析自己目前的生活習慣、時間表和作息。有哪些不必要的活動可以暫停？每一天可以早點睡覺嗎？一天裡的哪個時段對你而言比較方便念書？上班前？下午？還是晚上呢？然後把學習的時段固定下來，那就是你接下來每天努力學習義大利語的時段。

3. 要有毅力

你可能已經下定決心要天天學習義大利語，但因為生活太忙碌，所以幾天下來卻都沒碰到書。這時請你不要氣餒。想培養學習外語的好習慣，需要付出時間和無限的努力。即使你的學習習慣中斷了也不用灰心！不如儘快恢復每天規律學習義大利語的習慣！

4. 要不斷鞏固自己的決心

訂定合理的目標且達到這些目標能帶來成就感，而這份成就感會鞏固你繼續學習義大利語的決心。你也可以用母語閱讀與義大利文化有關的書籍，甚至可以規劃去義大利玩幾個禮拜。

Q. 為什麼加強聽力很重要？

1. 因為要聽得很清楚才能發得很標準

2. 因為要聽得很清楚才能記得生詞

Q. 如何才能改善發音？

1. 養成每天聽義大利語的好習慣

2. 先聽再重複

3. 大聲閱讀

4. 錄音和監督自己的發音

Q. 怎麼才能培養良好的學習習慣？

1. 要有決心

2. 要有計畫

3. 要有毅力

4. 要不斷鞏固你的決心

 MP3-38

音素
/ a /

Aa

舌面中母音

嘴巴張得很開，發出類似「ㄚ」的長音。

練習一

請你把 MP3 音檔聽 10 次，然後試著把句子寫下來。做聽寫練習的時候，千萬不要過度擔心是否拼錯，因為我們的目的不是把句子寫得十全十美，而是讓耳朵熟悉義大利語的語音。

1. acqua 水

2. andare 去

3. autobus 公車

練習二

現在請你對照並分析句子的意思和結構。

1. Ho tanta sete! Per favore, dammi un bicchiere d'acqua!

   好渴哦！請給我來一杯水吧！

2. Per andare in stazione, è meglio prendere la metro o l'autobus?

   要去車站，最好是搭捷運還是公車呢？

3. Per andare in stazione è meglio prendere la metro, perché gli

   autobus in Italia sono sempre in ritardo!

   去車站最好搭捷運，因為義大利公車總是遲到！

1. sete 渴　　　　2. bicchiere 杯子　　　3. metro 捷運

練習三 🎧 MP3-39

現在請你一邊聽一邊重複，反復練習到你覺得熟練為止。

練習四 🎤

請你錄下自己的發音並與標準的 MP3 音檔對照訂正，找出你的發音
和標準發音之間的差異。

GIORNO

音素
/ b /

Bb

雙唇濁塞音

雙唇彼此閉闔，接著輕輕彈開，發出類似「ㄅ」的音，但聲帶必須振動。

練習一

請你把 MP3 音檔聽 10 次，然後試著把句子寫下來。做聽寫練習的時候，千萬不要過度擔心是否拼錯，因為我們的目的不是把句子寫得十全十美，而是讓耳朵熟悉義大利語的語音。

1. bere 喝

2. bottiglia 瓶子

3. birra 啤酒

練習二

現在請你對照並分析句子的意思和結構。

1. Ti ringrazio, ma il medico mi ha detto che devo evitare di bere alcolici.

   我感謝你，但是醫生告訴我必須避免喝酒。

2. Da bere vorrei ordinare una bottiglia di acqua frizzante, e un bicchiere di vino della casa.

   飲料的話我想點一瓶氣泡水和一杯招牌的葡萄酒。

3. Per me una birra alla spina, grazie!

   請給我一杯生啤酒，謝謝！

1. bere 喝　　　2. bottiglia 瓶子　　　3. birra 啤酒

練習三 🎧 MP3-41

現在請你一邊聽一邊重複，反復練習到你覺得熟練為止。

練習四 🎤

請你錄下自己的發音並與標準的 MP3 音檔對照訂正，找出你的發音和標準發音之間的差異。

GIORNO

3

 MP3-42

音素
/ k /

Cc

軟顎清塞音

嘴巴張開，舌根向上抵以阻擋
空氣，發出「ㄎ」的音。

練習一

請你把 MP3 音檔聽 10 次，然後試著把句子寫下來。做聽寫練習的時
候，千萬不要過度擔心是否拼錯，因為我們的目的不是把句子寫得十
全十美，而是讓耳朵熟悉義大利語的語音。

1. cucinare 做菜

2. camicia 襯衫

3. correre 跑步

練習二

現在請你對照並分析句子的意思和結構。

1. Non sono bravo a cucinare, faccio sempre dei disastri.

   我不擅長烹飪，我總是搞砸。

2. Alla fine ho deciso di comprare la camicia celeste e la cravatta rossa.

   最後我決定買天藍色的襯衫和紅色的領帶。

3. Per mantenermi in forma, ogni mattina vado al parco a correre.

   為了保持身材，我每天早上去公園跑步。

1. cucinare 做菜　　　2. camicia 襯衫　　　3. correre 跑步

練習三 🎧 MP3-43

現在請你一邊聽一邊重複，反復練習到你覺得熟練為止。

練習四 🎤

請你錄下自己的發音並與標準的 MP3 音檔對照訂正，找出你的發音和標準發音之間的差異。

4

練習一

看圖寫字。

1.

2.

3.

4.

5.

6.

7.

8.

9.

10.

11.

12.

13.

14.

15.

16.

17.

18.

練習二

請你反復聆聽 MP3-39、MP3-41、MP3-43，並練習開口跟著說。

MP3-44

音素
/ tʃ /

Cc

後硬顎清塞擦音

嘴巴壓扁並向左右咧開，舌葉輕壓上顎，擠壓空氣並通過於舌頭與牙齒之間，發出類似「く」的音。

練習一

請你把 MP3 音檔聽 10 次，然後試著把句子寫下來。做聽寫練習的時候，千萬不要過度擔心是否拼錯，因為我們的目的不是把句子寫得十全十美，而是讓耳朵熟悉義大利語的語音。

1. cenare 吃晚餐

2. cinese 中文

3. cinema 電影院

練習二

現在請你對照並分析句子的意思和結構。

1. La sera invece di cenare fuori, preferisco rimanere a casa.

   晚上與其在外面吃，我比較偏好待在家裡。

2. Il cinese è una lingua molto difficile da imparare.

   中文是一個非常難學的語言。

3. Per favore, aspettami davanti al cinema.

   請在電影院的前面等我。

1. cenare 吃晚餐　　2. cinese 中國人　　3. cinema 電影院

練習三 🎧 MP3-45

現在請你一邊聽一邊重複，反復練習到你覺得熟練為止。

練習四 🎙

請你錄下自己的發音並與標準的 MP3 音檔對照訂正，找出你的發音
和標準發音之間的差異。

 MP3-46

音素
/ d /

Dd

舌尖齒齦濁塞音

舌尖抵住牙齒，發出類似「ㄉ」的音，但聲帶必須振動。

練習一

請你把 MP3 音檔聽 10 次，然後試著把句子寫下來。做聽寫練習的時候，千萬不要過度擔心是否拼錯，因為我們的目的不是把句子寫得十全十美，而是讓耳朵熟悉義大利語的語音。

1. domani 明天

2. difficile 難的

3. domanda 問題

練習二

現在請你對照並分析句子的意思和結構。

1. Domani non devo lavorare. Andiamo al mare?

   我明天不用工作。想不想一起去海邊？

2. Non devi preoccuparti! Questo esame non è per niente difficile!

   你不必擔心！這個考試一點都不難！

3. Ma cosa stai dicendo? In questo esame ci sono tantissime domande difficili.

   你在說什麼啊？這個考試裡有很多很難的問題。

1. lavorare 工作   2. mare 海   3. preoccuparsi 擔心

練習三 MP3-47

現在請你一邊聽一邊重複，反復練習到你覺得熟練為止。

練習四 🎤

請你錄下自己的發音並與標準的 MP3 音檔對照訂正，找出你的發音和標準發音之間的差異。

MP3-48

音素
/ e /

Ee

舌面前母音

嘴巴張得上下較開，發出類似
「ㄟ」的長音。

練習一

請你把 MP3 音檔聽 10 次，然後試著把句子寫下來。做聽寫練習的時候，千萬不要過度擔心是否拼錯，因為我們的目的不是把句子寫得十全十美，而是讓耳朵熟悉義大利語的語音。

1. entrata 入口

2. economico 便宜的

3. eroe 英雄

練習二

現在請你對照並分析句子的意思和結構。

1. Scusi, dov'è l'entrata del parcheggio?

   請問，停車場的入口在哪兒？

2. Questo giubbotto è molto economico! Ne compro due!

   這件外套好便宜！我要買兩件！

3. Il mio eroe preferito è Superman.

   我最喜歡的英雄是超人。

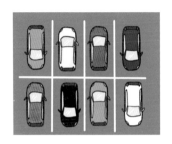

1. parcheggio 停車場　　2. giubbotto 外套　　3. eroe 英雄

練習三 🎧 MP3-49

現在請你一邊聽一邊重複，反復練習到你覺得熟練為止。

練習四 🎤

請你錄下自己的發音並與標準的 MP3 音檔對照訂正，找出你的發音
和標準發音之間的差異。

練習一

看圖寫字。

1.

2.

3.

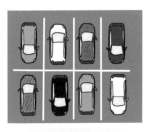

4.

5.

6.

7.

8.

9.

10.

11.

12.

13.

14.

15.

16.

17.

18.

練習二

請你反復聆聽 MP3-45、MP3-47、MP3-49，並練習開口跟著說。

 MP3-50

音素
/ f /

Ff

雙唇唇齒清擦音

上排牙齒輕輕咬住下唇,發出
類似「ㄈ」的音。

練習一

請你把 MP3 音檔聽 10 次,然後試著把句子寫下來。做聽寫練習的時
候,千萬不要過度擔心是否拼錯,因為我們的目的不是把句子寫得十
全十美,而是讓耳朵熟悉義大利語的語音。

1. finestra 窗戶

2. freddo 冷的

3. febbre 發燒

練習二

現在請你對照並分析句子的意思和結構。

1. Puoi per favore aprire la finestra?

   可以請你打開窗戶嗎？

2. Che freddo che fa! Puoi per favore chiudere la finestra?

   好冷哦！可以請你關上窗戶嗎？

3. Devi prendere l'antibiotico perché hai la febbre molto alta.

   因為你發高燒，你得吃抗生素。

1. finestra 窗戶　　　2. freddo 冷的　　　3. febbre 發燒

練習三 MP3-51

現在請你一邊聽一邊重複，反復練習到你覺得熟練為止。

練習四

請你錄下自己的發音並與標準的 MP3 音檔對照訂正，找出你的發音和標準發音之間的差異。

MP3-52

音素
/ g /

Gg

舌面軟顎濁塞音

嘴巴壓扁，嘴唇左右微張，舌根壓向上顎後輕輕彈開，發出類似「ㄍ」的音，但聲帶必須振動。

練習一

請你把 MP3 音檔聽 10 次，然後試著把句子寫下來。做聽寫練習的時候，千萬不要過度擔心是否拼錯，因為我們的目的不是把句子寫得十全十美，而是讓耳朵熟悉義大利語的語音。

1. ghiaccio 冰塊

2. gatto 貓咪

3. gonna 裙子

練習二

現在請你對照並分析句子的意思和結構。

1. Il Polo Nord è pieno di ghiaccio!

   北極充滿了冰塊！

2. Io preferisco i gatti, ma a mia moglie piacciono i cani.

   我比較喜歡貓，但是我老婆喜歡狗。

3. Questa gonna è sia bella che economica!

   這條裙子又漂亮又便宜！

1. ghiaccio　冰塊　　　　2. gatto　貓咪　　　　3. gonna　裙子

練習三 🎧 MP3-53

現在請你一邊聽一邊重複，反復練習到你覺得熟練為止。

練習四 🎤

請你錄下自己的發音並與標準的 MP3 音檔對照訂正，找出你的發音和標準發音之間的差異。

🎧 MP3-54

音素
/ dʒ /

Gg

後硬顎濁塞擦音

上下排牙齒合起，發出類似
「ㄐ」的音。

練習一

請你把 MP3 音檔聽 10 次，然後試著把句子寫下來。做聽寫練習的時候，千萬不要過度擔心是否拼錯，因為我們的目的不是把句子寫得十全十美，而是讓耳朵熟悉義大利語的語音。

1. gelato 冰淇淋

2. girare 轉

3. giubbotto 外套

練習二

現在請你對照並分析句子的意思和結構。

1. Per me un gelato al pistacchio con panna.

   我要一個開心果口味的冰淇淋加上鮮奶油。

2. Per andare all'ospedale vai sempre dritto fino alla piazza e poi gira a destra.

   想要到醫院，直走到廣場後右轉。

3. Questo giubbotto verde è tuo?

   這件綠色外套是你的嗎？

1. gelato 冰淇淋   2. girare 轉   3. ospedale 醫院

練習三 🎧 MP3-55

現在請你一邊聽一邊重複，反復練習到你覺得熟練為止。

練習四 🎤

請你錄下自己的發音並與標準的 MP3 音檔對照訂正，找出你的發音和標準發音之間的差異。

練習一

看圖寫字。

1. _____

2. _____

3. _____

4. _____

5. _____

6. _____

7. _____

8. _____

9. _____

10.

11.

12.

13.

14.

15.

16.

17.

18.

練習二

請你反復聆聽 MP3-51、MP3-53、MP3-55，並練習開口跟著說。

MP3-56

音素
/ ɲ /

gn

舌面後硬顎鼻音

嘴巴張開，舌尖抵住上排牙齒的根部，用鼻腔發出類似「ㄋㄧㄜ」的音。

練習一

請你把 MP3 音檔聽 10 次，然後試著把句子寫下來。做聽寫練習的時候，千萬不要過度擔心是否拼錯，因為我們的目的不是把句子寫得十全十美，而是讓耳朵熟悉義大利語的語音。

1. bagno 洗手間

2. insegnante 老師

3. disegnare 畫畫

練習二

現在請你對照並分析句子的意思和結構。

1. Scusi, dov'è il bagno?

   請問，洗手間在哪裡？

2. Fare l'insegnante è stato il mio sogno fin da bambino.

   當老師是我從小的夢想。

3. Disegnare non fa per me!

   我不是畫畫的料！

1. bagno 洗手間　　2. insegnante 老師　　3. disegnare 畫畫

練習三 🎧 MP3-57

現在請你一邊聽一邊重複，反復練習到你覺得熟練為止。

練習四 🎤

請你錄下自己的發音並與標準的 MP3 音檔對照訂正，找出你的發音和標準發音之間的差異。

 MP3-58

音素
/ʎ/

gl

舌面後硬顎邊音

嘴巴壓扁，左右咧開，舌面中部頂向上顎，發出類似介於「一」跟「ㄌ一」之間的音。

練習一

請你把 MP3 音檔聽 10 次，然後試著把句子寫下來。做聽寫練習的時候，千萬不要過度擔心是否拼錯，因為我們的目的不是把句子寫得十全十美，而是讓耳朵熟悉義大利語的語音。

1. figlio 兒子

2. maglione 毛衣

3. biglietto 票

練習二

現在請你對照並分析句子的意思和結構。

1. Mio figlio ha tre anni. E il tuo? Quanti anni ha?

   我兒子三歲。你的呢？他幾歲？

2. Hai per caso visto il mio maglione blu? Non riesco più a trovarlo!

   你是否剛好有看到我的藍色毛衣？我找不太到！

3. Prima di salire sull'autobus, devi comprare il biglietto.

   上公車前要買車票。

1. figlio 兒子　　　2. maglione 毛衣　　　3. biglietto 票

練習三　🎧 MP3-59

現在請你一邊聽一邊重複，反復練習到你覺得熟練為止。

練習四　🎤

請你錄下自己的發音並與標準的 MP3 音檔對照訂正，找出你的發音和標準發音之間的差異。

15

🎧 MP3-60

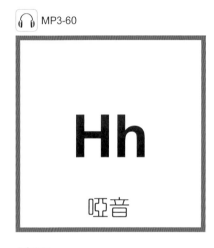

Hh

啞音

不發音

練習一

請你把 MP3 音檔聽 10 次，然後試著把句子寫下來。做聽寫練習的時候，千萬不要過度擔心是否拼錯，因為我們的目的不是把句子寫得十全十美，而是讓耳朵熟悉義大利語的語音。

1. hotel 飯店

2. hobby 嗜好

3. hamburger 漢堡

練習二

現在請你對照並分析句子的意思和結構。

1. Scusi, l'Hotel Baglioni è lontano da qui?

   請問，Baglioni 飯店離這裡遠嗎？

2. Non ho tempo da dedicare ai miei hobby.

   我沒有時間可以花在我的嗜好上。

3. L'hamburger è un piatto tipico americano.

   漢堡是一道典型的美國菜。

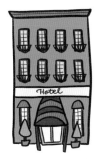

1. hotel 飯店　　　2. hamburger 漢堡　　　3. americano 美國的

練習三 🎧 MP3-61

現在請你一邊聽一邊重複，反復練習到你覺得熟練為止。

練習四 🎙

請你錄下自己的發音並與標準的 MP3 音檔對照訂正，找出你的發音和標準發音之間的差異。

練習一

看圖寫字。

1.

2.

3.

4.

5.

6.

7.

8.

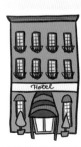

9.

10.

11.

12.

13.

14.

15.

16.

17.

18.

練習二

請你反復聆聽 MP3-57、MP3-59、MP3-61，並練習開口跟著說。

MP3-62

音素
/ i /

Ii

舌面前母音

嘴巴左右咧開，發出類似「一」的音。

練習一

請你把 MP3 音檔聽 10 次，然後試著把句子寫下來。做聽寫練習的時候，千萬不要過度擔心是否拼錯，因為我們的目的不是把句子寫得十全十美，而是讓耳朵熟悉義大利語的語音。

1. importante 重要的

2. inviare 發送

3. insalata 沙拉

練習二

現在請你對照並分析句子的意思和結構。

1. Passare questo esame per me è molto importante!

    通過這個考試對我來說非常重要！

2. Mi dispiace, ma non posso cenare con voi. Non ho ancora finito, ho ancora delle email da inviare.

    抱歉，但是我不能跟你們一起吃晚餐。我還沒結束，還有些電子郵件要發送。

3. Non ho tanta fame, prendo solo un'insalata!

    我沒有很餓，我只吃一份沙拉就好了！

1. inviare 發送　　　2. fame 餓　　　3. insalata 沙拉

練習三 🎧 MP3-63

現在請你一邊聽一邊重複，反復練習到你覺得熟練為止。

練習四 🎤

請你錄下自己的發音並與標準的 MP3 音檔對照訂正，找出你的發音和標準發音之間的差異。

MP3-64

音素
/ l /

LI

舌尖齒齦邊音

嘴巴張開，舌尖抵住上排牙齒的
根部，發出類似「ㄌ」的音。

練習一

請你把 MP3 音檔聽 10 次，然後試著把句子寫下來。做聽寫練習的時
候，千萬不要過度擔心是否拼錯，因為我們的目的不是把句子寫得十
全十美，而是讓耳朵熟悉義大利語的語音。

1. lavoro　工作

2. leggere　讀

3. libro　書

練習二

現在請你對照並分析句子的意思和結構。

1. Sono triste perché ho perso il lavoro!

   我很難過，因為我失業了！

2. Quanti libri hai letto nella tua vita?

   在你一生中讀過多少書？

3. Per favore, aprite il libro a pagina 28.

   請翻開書本到第 28 頁。

1. triste　傷心　　　　　2. libro　書　　　　　3. leggere　讀

練習三　MP3-65

現在請你一邊聽一邊重複，反復練習到你覺得熟練為止。

練習四

請你錄下自己的發音並與標準的 MP3 音檔對照訂正，找出你的發音
和標準發音之間的差異。

MP3-66

音素
/ m /

Mm

雙唇鼻音

雙唇彼此壓緊,接著輕輕彈開,
空氣從鼻腔發出類似「ㄇ」的音。

練習一

請你把 MP3 音檔聽 10 次,然後試著把句子寫下來。做聽寫練習的時候,千萬不要過度擔心是否拼錯,因為我們的目的不是把句子寫得十全十美,而是讓耳朵熟悉義大利語的語音。

1. mamma 媽媽

2. macchina 汽車

3. mare 海

練習二

現在請你對照並分析句子的意思和結構。

1. La mamma non c'è! È al supermercato a fare la spesa.

   媽媽不在！她在超市買菜。

2. Dopo tanti anni finalmente ho comprato una macchina nuova!

   多年之後，我終於買了一台新車！

3. Domenica prossima perché non andiamo al mare?

   下星期天何不一起去海邊？

 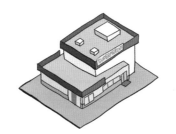 

1. mamma 媽媽　　2. supermercato 超市　　3. macchina 汽車

練習三　🎧 MP3-67

現在請你一邊聽一邊重複，反復練習到你覺得熟練為止。

練習四　🎤

請你錄下自己的發音並與標準的 MP3 音檔對照訂正，找出你的發音和標準發音之間的差異。

練習一

看圖寫字。

1.

2.

3.

4.

5.

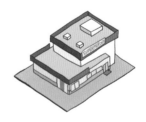

6.

7.

8.

9.

10.

11.

12.

13.

14.

15.

16.

17.

18.

練習二

請你反復聆聽 MP3-63、MP3-65、MP3-67，並練習開口跟著說。

 MP3-68

音素
/ n /

Nn

舌尖齒齦邊音

嘴巴張開，舌尖抵住上排牙齒的根部，空氣從鼻腔發出類似「ㄋ」的音。

練習一

請你把 MP3 音檔聽 10 次，然後試著把句子寫下來。做聽寫練習的時候，千萬不要過度擔心是否拼錯，因為我們的目的不是把句子寫得十全十美，而是讓耳朵熟悉義大利語的語音。

1. nonno 祖父

2. nervoso 緊張的

3. nuotare 游泳

練習二

現在請你對照並分析句子的意思和結構。

1. Quando la mamma va al supermercato, il nonno rimane a casa con i bambini.
   媽媽去超市的時候，爺爺留在家帶小孩。

2. Prima di prendere l'aereo sono sempre molto nervoso.
   搭飛機前，我總是非常緊張。

3. Grazie per invitarmi a fare snorkeling, ma non so nuotare, ho paura di affogare!
   謝謝邀請我去潛水，但是我不會游泳，我怕溺水！

1. nonno 祖父　　　2. nervoso 緊張的　　　3. nuotare 游泳

練習三 🎧 MP3-69

現在請你一邊聽一邊重複，反復練習到你覺得熟練為止。

練習四 🎤

請你錄下自己的發音並與標準的 MP3 音檔對照訂正，找出你的發音和標準發音之間的差異。

MP3-70

音素
/ o /

Oo

圓唇後母音

嘴唇縮成圓形，口腔張開，發出
類似「ㄛ」的長音。

練習一

請你把 MP3 音檔聽 10 次，然後試著把句子寫下來。做聽寫練習的時
候，千萬不要過度擔心是否拼錯，因為我們的目的不是把句子寫得十
全十美，而是讓耳朵熟悉義大利語的語音。

1. oggi 今天

2. ombrello 傘

3. occhiali 眼鏡

練習二

現在請你對照並分析句子的意思和結構。

1. Oggi fa bel tempo! Vieni a fare una passeggiata con me in centro?

   今天天氣很好！想不想和我一起去市中心散步？

2. Stamattina è nuvoloso! Prima di uscire, forse è meglio se prendi l'ombrello.

   今早是陰天！出門前，也許最好帶把雨傘。

3. Oddio! Ho dimenticato di portare gli occhiali! E adesso chi lo vede il film?

   天啊！我忘了戴眼鏡！現在怎麼看電影？

1. nuvoloso 陰天的

2. ombrello 傘

3. occhiali 眼鏡

練習三 MP3-71

現在請你一邊聽一邊重複，反復練習到你覺得熟練為止。

練習四

請你錄下自己的發音並與標準的 MP3 音檔對照訂正，找出你的發音和標準發音之間的差異。

MP3-72

音素
/ p /

Pp

雙唇清塞音

雙唇彼此閉闔，接著空氣從唇間爆開，發出類似「ㄅ」的音。

練習一

請你把 MP3 音檔聽 10 次，然後試著把句子寫下來。做聽寫練習的時候，千萬不要過度擔心是否拼錯，因為我們的目的不是把句子寫得十全十美，而是讓耳朵熟悉義大利語的語音。

1. parlare 說

2. pagare 付錢

3. pizzaiolo 披薩師傅

練習二

現在請你對照並分析句子的意思和結構。

1. Io parlo inglese e giapponese. E tu? Quante lingue sai parlare?

   我會說英文和日文。你呢？你會幾種語言呢？

2. Mi dispiace, non ho contanti. Posso pagare con carta di credito?

   很抱歉，我沒有現金。我可以用信用卡付錢嗎？

3. Mio figlio da grande vuole fare il pizzaiolo come suo padre.

   我兒子長大後想要跟他爸爸一樣當披薩師傅。

1. parlare 說　　　2. pagare 付錢　　　3. pizzaiolo 披薩師傅

練習三 🎧 MP3-73

現在請你一邊聽一邊重複，反復練習到你覺得熟練為止。

練習四 🎤

請你錄下自己的發音並與標準的 MP3 音檔對照訂正，找出你的發音和標準發音之間的差異。

GIORNO

24

練習一

看圖寫字。

1. 　　　　　　　

2. 　　　　　　　

3. 　　　　　　　

4. 　　　　　　　

5. 　　　　　　　

6. 　　　　　　　

7. 　　　　　　　

8. 　　　　　　　

9.

10.

11.

12.

13.

14.

15.

16.

17.

18.

練習二

請你反復聆聽 MP3-69、MP3-71、MP3-73，並練習開口跟著說。

🎧 MP3-74

音素
/ k /

Qq

舌面軟顎清塞音

嘴巴張開，舌根向上抵，阻擋空氣，發出「ㄍ」的音。

練習一

請你把 MP3 音檔聽 10 次，然後試著把句子寫下來。做聽寫練習的時候，千萬不要過度擔心是否拼錯，因為我們的目的不是把句子寫得十全十美，而是讓耳朵熟悉義大利語的語音。

1. Quanto? 多少？

2. Quale? 哪個？

3. Quando? 什麼時候？

練習二

現在請你對照並分析句子的意思和結構。

1. Quanto costano questi occhiali?

   這副眼鏡多少錢？

2. Quale camicia? Quella a maniche corte o quella a maniche lunghe?

   哪一件襯衫？短袖的還是長袖的那件呢？

3. Ho sentito che hai intenzione di andare in Italia. Quando pensi di

   andarci?

   我聽說你打算去義大利。你打算什麼時候去呢？

1. corto 短的　　　　2. lungo 長的　　　　3. Italia 義大利

練習三　🎧 MP3-75

現在請你一邊聽一邊重複，反復練習到你覺得熟練為止。

練習四　🎙

請你錄下自己的發音並與標準的 MP3 音檔對照訂正，找出你的發音
和標準發音之間的差異。

26

🎧 MP3-76

音素
/ r /

Rr

舌尖齒齦濁顫音

嘴巴自然張開，舌頭放鬆，做出準備發出「ㄙ」的音的嘴形，接著用力吐氣，舌尖在空氣擠壓之下自然顫動。

練習一

請你把 MP3 音檔聽 10 次，然後試著把句子寫下來。做聽寫練習的時候，千萬不要過度擔心是否拼錯，因為我們的目的不是把句子寫得十全十美，而是讓耳朵熟悉義大利語的語音。

1. riposare 休息

2. rompere 打破

3. regalare 贈送

練習二

現在請你對照並分析句子的意思和結構。

1. Sono stanchissimo! Lasciami riposare un attimo!

   我累壞了！讓我休息一下！

2. Stai attento a non rompere le uova!

   小心不要把雞蛋打破了！

3. Per il nostro anniversario, ho intenzione di regalare a mia moglie

   un viaggio a Venezia.

   為了我們的週年紀念日，我打算送我太太一趟威尼斯之旅。

1. stanco 累的

2. rompere 打破

3. regalare 贈送

練習三 🎧 MP3-77

現在請你一邊聽一邊重複，反復練習到你覺得熟練為止。

練習四 🎤

請你錄下自己的發音並與標準的 MP3 音檔對照訂正，找出你的發音和標準發音之間的差異。

🎧 MP3-78

音素
/ s /

Ss

舌尖齒齦清擦音

嘴唇壓扁微張，舌尖抵住牙齒間，
空氣從其間擠出，發出類似「ㄙ」
的音。

練習一

請你把 MP3 音檔聽 10 次，然後試著把句子寫下來。做聽寫練習的時
候，千萬不要過度擔心是否拼錯，因為我們的目的不是把句子寫得十
全十美，而是讓耳朵熟悉義大利語的語音。

1. sedia 椅子

2. settimana 星期

3. sorella 姊妹

練習二

現在請你對照並分析句子的意思和結構。

1. Questa sedia è molto scomoda! Vado a sedermi sul divano!

   這張椅子坐起來很不舒服！我去坐沙發好了！

2. Ci vediamo la prossima settimana!

   我們下星期見！

3. Ho bisogno di parlare con tua sorella. Puoi darmi il suo numero di telefono?

   我需要和你姐姐說話。你可以給我她的電話號碼嗎？

1. sedia 椅子

2. divano 長沙發

3. telefono 電話

練習三 MP3-79

現在請你一邊聽一邊重複，反復練習到你覺得熟練為止。

練習四

請你錄下自己的發音並與標準的 MP3 音檔對照訂正，找出你的發音和標準發音之間的差異。

練習一

看圖寫字。

1.

2.

3.

4.

5.

6.

7.

8.

9.

10.

11.

12.

13.

14.

15.

16.

17.

18.

練習二

請你反復聆聽 MP3-75、MP3-77、MP3-79，並練習開口跟著說。

GIORNO

29

 MP3-80

音素
/ z /

Ss

舌尖齒齦濁擦音

嘴唇壓扁微張，舌尖抵住牙齒間，空氣從其間擠出，發出類似「ㄙ」的音，但是聲帶必須震動。

練習一

請你把 MP3 音檔聽 10 次，然後試著把句子寫下來。做聽寫練習的時候，千萬不要過度擔心是否拼錯，因為我們的目的不是把句子寫得十全十美，而是讓耳朵熟悉義大利語的語音。

1. sveglia　鬧鐘

2. snello　苗條的

3. sbagliato　錯的

練習二

現在請你對照並分析句子的意思和結構。

1. A che ora hai messo la sveglia?

   你設幾點的鬧鐘？

2. Da circa sei mesi vado in palestra tre volte alla settimana. Mi vedi più snello? Per favore, dimmi di sì!

   最近六個月左右，每週去健身房三次。我看起來有比較苗條嗎？拜託，告訴我有！

3. Oddio! Ho preso l'autobus sbagliato! E adesso dove sono?

   我的天啊！我搭錯公車了！現在我在哪裡呢？

1. sveglia 鬧鐘　　　2. palestra 健身房　　　3. autobus 公車

練習三　🎧 MP3-81

現在請你一邊聽一邊重複，反復練習到你覺得熟練為止。

練習四　🎤

請你錄下自己的發音並與標準的 MP3 音檔對照訂正，找出你的發音和標準發音之間的差異。

MP3-82

音素 /ʃ/

SC

舌葉齒齦清擦音

嘴巴微微張開，噘嘴，舌葉稍微觸碰上顎，吐氣發出類似「ㄒㄧ」的音。

練習一

請你把 MP3 音檔聽 10 次，然後試著把句子寫下來。做聽寫練習的時候，千萬不要過度擔心是否拼錯，因為我們的目的不是把句子寫得十全十美，而是讓耳朵熟悉義大利語的語音。

1. scegliere 選擇

2. sciare 滑雪

3. scendere 下（樓梯／車）

練習二

現在請你對照並分析句子的意思和結構。

1. La nocciola e il pistacchio mi piacciono entrambi! Non so cosa scegliere!

   榛果和開心果我都喜歡！我不知道要選什麼！

2. Mi piace la neve, ma ho paura di sciare. Non è troppo pericoloso?

   我喜歡雪，但我怕滑雪。不是太危險了嗎？

3. È la prima volta che prendo la metro a Roma. A quale fermata dobbiamo scendere?

   這是我第一次在羅馬搭捷運。我們該在哪一站下車呢？

1. neve 雪　　　　2. sciare 滑雪　　　3. scendere 下（樓梯 / 車）

練習三 🎧 MP3-83

現在請你一邊聽一邊重複，反復練習到你覺得熟練為止。

練習四 🎤

請你錄下自己的發音並與標準的 MP3 音檔對照訂正，找出你的發音和標準發音之間的差異。

MP3-84

音素
/ t /

Tt

舌尖齒齦清塞音

嘴巴微微張開，舌尖輕觸牙齒，發出類似「ㄉ」的音。

練習一

請你把 MP3 音檔聽 10 次，然後試著把句子寫下來。做聽寫練習的時候，千萬不要過度擔心是否拼錯，因為我們的目的不是把句子寫得十全十美，而是讓耳朵熟悉義大利語的語音。

1. telefonare 打電話

2. truccarsi 化妝

3. tornare 返回

練習二

現在請你對照並分析句子的意思和結構。

1. Ricordati di telefonare al ristorante e prenotare due posti per stasera.

   記得打電話跟餐廳訂今晚兩個位子。

2. Mia moglie per truccarsi deve alzarsi alle 6, altrimenti fa tardi.

   我太太為了化妝必須 6 點起床，不然會遲到。

3. A che ora pensi di tornare a casa? Prima o dopo cena?

   你打算幾點回家？晚餐前或晚餐後？

1. telefonare 打電話　　2. ristorante 餐廳　　3. truccarsi 化妝

練習三　🎧 MP3-85

現在請你一邊聽一邊重複，反復練習到你覺得熟練為止。

練習四　🎤

請你錄下自己的發音並與標準的 MP3 音檔對照訂正，找出你的發音
和標準發音之間的差異。

32

練習一

看圖寫字。

1.

2.

3.

4.

5.

6.

7.

8.

9.

10.

11.

12.

13.

14.

15.

16.

17.

18.

練習二

請你反復聆聽 MP3-81、MP3-83、MP3-85，並練習開口跟著說。

33

 MP3-86

音素
/ u /

Uu

舌尖後高母音

嘴唇嘟成最小的圓形，發出類似「ㄨ」的長音。

練習一

請你把 MP3 音檔聽 10 次，然後試著把句子寫下來。做聽寫練習的時候，千萬不要過度擔心是否拼錯，因為我們的目的不是把句子寫得十全十美，而是讓耳朵熟悉義大利語的語音。

1. uscita 出口

2. ufficio 辦公室

3. università 大學

練習二

現在請你對照並分析句子的意思和結構。

1. Scusi, dov'è l'uscita?

   請問，出口在哪裡？

2. Prendo la metro per andare a lavoro, perché il mio ufficio è molto lontano da casa.

   我搭捷運去上班，因為我的辦公室離家非常遠。

3. Ho finito l'università quando avevo 24 anni.

   我 24 歲時讀完大學。

1. ufficio 辦公室　　　2. casa 房子 / 家　　　3. università 大學

練習三　🎧 MP3-87

現在請你一邊聽一邊重複，反復練習到你覺得熟練為止。

練習四　🎙

請你錄下自己的發音並與標準的 MP3 音檔對照訂正，找出你的發音和標準發音之間的差異。

MP3-88

音素
/ v /

Vv

雙唇唇齒濁擦音

上排牙齒輕輕咬住下唇，發出類似「ㄈ」的音，但聲帶必須震動。

練習一

請你把 MP3 音檔聽 10 次，然後試著把句子寫下來。做聽寫練習的時候，千萬不要過度擔心是否拼錯，因為我們的目的不是把句子寫得十全十美，而是讓耳朵熟悉義大利語的語音。

1. vestito　衣服

2. venire　來

3. viaggio　旅遊

練習二

現在請你對照並分析句子的意思和結構。

1. Di chi è questo vestito rosso?

   這件紅色的衣服是誰的？

2. Ti va di venire a casa mia a prendere un caffè?

   你想來我家喝杯咖啡嗎？

3. È da tanto tempo che non faccio un viaggio all'estero.

   我很久沒有出國旅行了。

1. vestito 衣服　　　2. caffè 咖啡　　　3. fare un viaggio 旅行

練習三 🎧 MP3-89

現在請你一邊聽一邊重複，反復練習到你覺得熟練為止。

練習四 🎤

請你錄下自己的發音並與標準的 MP3 音檔對照訂正，找出你的發音
和標準發音之間的差異。

35

🎧 MP3-90

音素
/ ts /

Zz

舌尖齒齦清塞擦音

舌尖擺在上顎與上排牙齒的根部附近,發出類似「ㄘ」的音。

練習一

請你把 MP3 音檔聽 10 次,然後試著把句子寫下來。做聽寫練習的時候,千萬不要過度擔心是否拼錯,因為我們的目的不是把句子寫得十全十美,而是讓耳朵熟悉義大利語的語音。

1. zio 叔叔 / 伯伯 / 舅舅

2. zucchero 糖

3. zucca 南瓜

練習二

現在請你對照並分析句子的意思和結構。

1. Ma che dici? Lo zio ha più di 40 anni!

   你在說什麼？叔叔 40 多歲了！

2. Grazie, ma per me senza zucchero.

   謝謝，但是我不用加糖。

3. Come primo prendo un risotto alla zucca, e come secondo una
   bistecca alla brace.

   第一道菜我點南瓜燉飯，第二道菜我點一客碳烤牛排。

1. risotto 燉飯　　　2. zucca 南瓜　　　3. bistecca 牛排

練習三 🎧 MP3-91

現在請你一邊聽一邊重複，反復練習到你覺得熟練為止。

練習四 🎤

請你錄下自己的發音並與標準的 MP3 音檔對照訂正，找出你的發音
和標準發音之間的差異。

36

練習一

看圖寫字。

1.

2.

3.

4.

5.

6.

7.

8.

9.

10.

11.

12.

13.

14.

15.

16.

17.

18.

練習二

請你反復聆聽 MP3-87、MP3-89、MP3-91，並練習開口跟著說。

MP3-92

音素
/ dz /

Zz

舌尖齒齦濁塞擦音

舌尖抵向上顎與上排牙齒的根部附近，發出類似「ㄗ」的音。

練習一

請你把 MP3 音檔聽 10 次，然後試著把句子寫下來。做聽寫練習的時候，千萬不要過度擔心是否拼錯，因為我們的目的不是把句子寫得十全十美，而是讓耳朵熟悉義大利語的語音。

1. zaino 背包

2. zanzara 蚊子

3. zoo 動物園

練習二

現在請你對照並分析句子的意思和結構。

1. Ma cosa c'è in questo zaino? È pesantissimo!

   這個背包裡到底有什麼？超重的！

2. Maledetta zanzara! Non mi ha fatto dormire tutta la notte!

   該死的蚊子！害我整晚沒睡！

3. Il biglietto dello zoo costa 10 euro.

   動物園的門票一張要價 10 歐元。

1. zaino 背包　　　　2. notte 黑夜　　　　3. zoo 動物園

練習三 🎧 MP3-93

現在請你一邊聽一邊重複，反復練習到你覺得熟練為止。

練習四 🎤

請你錄下自己的發音並與標準的 MP3 音檔對照訂正，找出你的發音和標準發音之間的差異。

🎧 MP3-94

音素
/ dʒ / 或 / j /

Jj

i lunga

音素
/ k /

Kk

cappa

音素
/ w / 或 / v /

Ww

doppia vu

練習一

請你把 MP3 音檔聽 10 次,然後試著把句子寫下來。做聽寫練習的時候,千萬不要過度擔心是否拼錯,因為我們的目的不是把句子寫得十全十美,而是讓耳朵熟悉義大利語的語音。

1. jazz 爵士樂

2. karaoke 卡拉 ok

3. wc 廁所

練習二

現在請你對照並分析句子的意思和結構。

1. Ascoltare la musica jazz mi rilassa.

   聽爵士樂讓我放鬆。

2. Ti va di andare al karaoke stasera?

   你今晚想不想去卡拉 ok？

3. Il wc è occupato. E adesso come faccio?

   廁所裡有人。現在怎麼辦？

1. ascoltare 聽　　　2. musica 音樂　　　3. wc 廁所

練習三　MP3-95

現在請你一邊聽一邊重複，反復練習到你覺得熟練為止。

練習四

請你錄下自己的發音並與標準的 MP3 音檔對照訂正，找出你的發音和標準發音之間的差異。

音素
/ i /

Yy

ipsilon 或 **i greca**

音素
/ ks /

Xx

ics

🎧 MP3-96

練習一

請你把 MP3 音檔聽 10 次,然後試著把句子寫下來。做聽寫練習的時候,千萬不要過度擔心是否拼錯,因為我們的目的不是把句子寫得十全十美,而是讓耳朵熟悉義大利語的語音。

1. sax 薩克斯風

2. yogurt 優格

練習二

現在請你對照並分析句子的意思和結構。

1. Suonare il sax è difficile. Perché non impari a suonare la chitarra?

   吹薩克斯風很難。你為什麼不學彈吉他呢？

2. Per dimagrire, ogni giorno a colazione mangio solo uno yogurt.

   為了減肥，我每天早餐只吃一個優格。

1. chitarra 吉他　　　2. colazione 早餐　　　3. mangiare 吃

練習三　🎧 MP3-97

現在請你一邊聽一邊重複，反復練習到你覺得熟練為止。

練習四　🎙

請你錄下自己的發音並與標準的 MP3 音檔對照訂正，找出你的發音
和標準發音之間的差異。

練習一

看圖寫字。

1.

2.

3.

4.

5.

6.

7.

8.

9.

10. 11. 12.

13. 14. 15.

16. 17. 18.

練習二

請你反復聆聽 MP3-93、MP3-95、MP3-97，並練習開口跟著說。

UNITÀ
3

單元三
保羅在北極
讓你的聽說能力大大進展的
有趣故事集！

　　本書的第二單元幫助你充分練習聽力並擴大詞彙量。而在本單元裡，你將要練習聽懂較長的片語，並練習開口說話。

　　建議你隨時隨地抽空聆聽「保羅在北極」的故事 MP3 音檔，排隊時、搭車時、等人時，都是練習聽力的好時機。最好為自己訂下目標，每天至少撥出 20 分鐘或更長的時間（多多益善）反復聆聽，並且一邊聽一邊複誦。

EPISODIO 1

第一集

Paolo ha freddo!

保羅很冷！

EPISODIO 2

第二集

Paolo e i giubbotti verdi.

保羅和綠外套。

EPISODIO 3

第三集

Paolo sulla nave da crociera.

保羅在遊輪上。

EPISODIO 4

第四集

Paolo ha fame!

保羅很餓！

Paolo ha freddo!
保羅很冷！

　　Paolo 在北極。Paolo 很冷，所以他想買一件外套，但北極沒有商店，因此 Paolo 買不到外套。所以 Paolo 決定去一個很熱的地方。Paolo 乘坐飛機前往加勒比海。在加勒比地區天氣很熱……所以 Paolo 又熱又渴！Paolo 需要一杯冰茶。Paolo 去咖啡廳買冰茶，但可惜的是，咖啡廳沒有冰塊。Paolo 很難過！Paolo 有了個主意！他搭飛機返回北極，拿了一個冰塊，並將它放到茶裡。Paolo 還是很冷，但他很開心！

1.1 聽一聽 🎧 MP3-98

請你把 MP3 音檔連續聽 3 次，聽的時候只要注意義大利語的音節和語調即可！如果你在聽的時候，發現頭腦開始發呆停擺，請先休息幾分鐘再繼續聽。

1.2 寫一寫 🎧 MP3-99

請你一邊聽一邊寫，聽不清楚某些詞也沒關係，繼續聽，直到聽出並寫下大部分的內容為止。

Paolo è al Polo Nord. Paolo ha ＿＿＿＿＿＿, perciò vuole comprare un ＿＿＿＿＿＿, ma al Polo Nord non ci sono ＿＿＿＿＿, e così Paolo non riesce a ＿＿＿＿＿ il giubbotto. Quindi Paolo decide di andare in un posto dove fa ＿＿＿＿＿. Paolo prende un aereo e va ai Caraibi. Ai Caraibi fa molto caldo...e così Paolo ha sia caldo che ＿＿＿＿＿! Paolo ha bisogno di un ＿＿＿＿＿ con ghiaccio. Paolo va in un bar a comprare il tè freddo, ma purtroppo al bar non hanno il ＿＿＿＿＿. Paolo è ＿＿＿＿＿! Paolo ha un' idea! Prende un ＿＿＿＿＿ e torna al Polo Nord, prende un cubetto di ghiaccio e lo mette nel tè. Paolo ha ancora freddo, ma è ＿＿＿＿＿!

1. Polo Nord 北極	7. posto 地方	13. triste 難過、傷心
2. comprare 買	8. aereo 飛機	14. prendere 搭、拿
3. giubbotto 外套	9. Caraibi 加勒比	15. tornare 返回
4. negozio 商店	10. tè 茶	16. ancora 仍然、還是
5. decidere 決定	11. bar 咖啡廳	17. felice 開心、高興
6. andare 去、前往	12. purtroppo 可惜的是	

1.3 讀一讀 🎤

請你大聲唸出以下短文，重複練習到唸得很順為止。然後把你的朗讀錄下來聽，並嘗試找出你的發音和標準 MP3 音檔發音之間的差異。

Paolo ha freddo!

　　Paolo è al Polo Nord. Paolo ha freddo, perciò vuole comprare un giubbotto, ma al Polo Nord non ci sono negozi, e così Paolo non riesce a comprare il giubbotto. Quindi Paolo decide di andare in un posto dove fa caldo. Paolo prende un aereo e va ai Caraibi. Ai Caraibi fa molto caldo...e così Paolo ha sia caldo che sete! Paolo ha bisogno di un tè freddo con ghiaccio. Paolo va in un bar a comprare il tè freddo, ma purtroppo al bar non hanno il ghiaccio. Paolo è triste! Paolo ha un'idea! Prende un aereo e torna al Polo Nord, prende un cubetto di ghiaccio e lo mette nel tè. Paolo ha ancora freddo, ma è felice!

1.4 問答

請你用義大利語回答問題。

1. Perché Paolo ha freddo?
2. Dove va Paolo?
3. Perché Paolo ha sete?

1.5 説一説

請你一邊看圖，一邊用義大利語敍述故事。

Paolo e i giubbotti verdi.

保羅與綠外套。

Paolo 仍然在北極，而且他越來越冷！喝茶的時候，Paolo 看到一個身材高大魁梧、穿著綠色外套的男孩。接著他看到一個苗條、高大的美麗女孩，她也有一件綠色的外套。然後他看到一個日本老先生，他也有一件綠色的外套。然後他看到一對年輕的中國夫婦，他們也有同樣的綠外套。Paolo 很驚訝：每個人都有同一件綠外套！這些外套是從哪裡來的呢？Paolo 決定跟蹤他們……。

2.1 聽一聽 🎧 MP3-100

請你把 MP3 音檔連續聽 3 次，聽的時候只要注意義大利語的音節和語調即可！如果你在聽的時候，發現頭腦開始發呆停擺，請先休息幾分鐘再繼續聽。

2.2 寫一寫 🎧 MP3-101

請你一邊聽一邊寫，聽不清楚某些詞也沒關係，繼續聽，直到聽出並寫下大部分的內容為止。

　　　　Paolo è ancora al Polo Nord e ha sempre più 　　　　　！
Mentre beve il 　　　　　　, Paolo vede un 　　　　　 alto
e robusto con un 　　　　　　 verde. Poi vede una
ragazza snella e alta, e anche lei ha un giubbotto verde. Poi vede un
anziano signore 　　　　　, e anche lui ha un giubbotto verde. Poi
vede una giovane coppia 　　　　　, e anche loro hanno lo stesso
giubbotto 　　　　　. Paolo è 　　　　　: tutti hanno lo stesso
giubbotto verde! Da dove vengono questi giubbotti? Paolo decide di
seguirli...

1. sempre più 越來越	6. verde 綠色的	11. anziano 老的
2. vedere 看	7. bella 美麗的	12. coppia 夫婦、伴侶
3. ragazzo 年輕男孩	8. snella 苗條的	13. sorpreso 訝異的
4. alto 高的	9. anche 也	14. tutti 所有人
5. robusto 壯的	10. signore 先生	15. seguire 跟蹤、跟隨

2.3 讀一讀 🎤

請你大聲唸出以下短文，重複練習到唸得很順為止。然後把你的朗讀錄下來聽，並嘗試找出你的發音和標準 MP3 音檔發音之間的差異。

Paolo e i giubbotti verdi

Paolo è ancora al Polo Nord e ha sempre più freddo! Mentre beve il tè, Paolo vede un ragazzo alto e robusto con un giubbotto verde. Poi vede una bella ragazza snella e alta, e anche lei ha un giubbotto verde. Poi vede un anziano signore giapponese, e anche lui ha un giubbotto verde. Poi vede una giovane coppia cinese, e anche loro hanno lo stesso giubbotto verde. Paolo è sorpreso: tutti hanno lo stesso giubbotto verde! Da dove vengono questi giubbotti? Paolo decide di seguirli...

2.4 問答

請你用義大利語回答問題。

1. Dov'è Paolo?

2. Cosa vede Paolo?

3. Cosa decide di fare Paolo?

2.5 說一說

請你一邊看圖，一邊用義大利語敘述故事。

3

Paolo sulla nave da crociera.

保羅在遊輪上。

　　Paolo 來到一艘遊輪前,而他還是很冷。上到了船上,他立刻去尋找綠外套。找外套的時候,他看見一間咖啡廳。他進到咖啡廳裡,享用一杯卡布奇諾、一個卡仕達口味的可頌當早餐。然後他去水療中心,洗個熱水澡和按摩。按摩完畢之後,在付錢的時候,含在價格裡,他們送給了他……一件外套!*Paolo* 仍然在北極,但他很開心,因為他終於也擁有一件外套了……綠色的外套!即使綠色不是他最喜歡的顏色,*Paolo* 仍然很開心,因為現在他不冷了!

3.1 聽一聽 🎧 MP3-102

請你把 MP3 音檔連續聽 3 次，聽的時候只要注意義大利語的音節和語調即可！如果你在聽的時候，發現頭腦開始發呆停擺，請先休息幾分鐘再繼續聽。

3.2 寫一寫 🎧 MP3-103

請你一邊聽一邊寫，聽不清楚某些詞也沒關係，繼續聽，直到聽出並
寫下大部分的內容為止。

Paolo arriva davanti ad una _____ da crociera, ed ha
ancora freddo. Salito sulla nave, va subito a _____ il giubbotto
verde. Mentre cerca il _____, vede un _____. Entra nel
bar e fa colazione con un cappuccino e un _____ alla crema.
Poi va alla Spa e si fa un bagno caldo e un _____. Finito il
massaggio, quando paga incluso nel _____ gli regalano...un
giubbotto! Paolo è _____ al Polo Nord, però è _____
perché finalmente anche lui ha un giubbotto...verde! Anche se
il verde non è il suo _____ preferito, Paolo è comunque
_____ perché adesso non ha più freddo!

---

1. arrivare 到、抵達、到達	9. pagare 付錢
2. davanti a 在……前面	10. prezzo 價格
3. nave da crociera 遊輪	11. regalare 贈送
4. subito 立刻、馬上	12. perché 因為
5. cercare 找、尋找	13. finalmente 終於
6. contento 滿意的、開心的	14. anche se 即使、雖然
7. colazione 早餐	15. adesso 現在
8. cornetto 可頌	

3.3 讀一讀 🎤

請你大聲唸出以下短文，重複練習到唸得很順為止。然後把你的朗讀錄下來聽，並嘗試找出你的發音和標準 MP3 音檔發音之間的差異。

Paolo sulla nave da crociera

Paolo arriva davanti ad una nave da crociera, ed ha ancora freddo. Salito sulla nave, va subito a cercare il giubbotto verde. Mentre cerca il giubbotto, vede un bar. Entra nel bar e fa colazione con un cappuccino e un cornetto alla crema. Poi va alla Spa e si fa un bagno caldo e un massaggio. Finito il massaggio, quando paga incluso nel prezzo gli regalano...un giubbotto! Paolo è ancora al Polo Nord, però è felice perché finalmente anche lui ha un giubbotto...verde! Anche se il verde non è il suo colore preferito, Paolo è comunque contento perché adesso non ha più freddo!

3.4 問答

請你用義大利語回答問題。

1. Mentre cerca il giubbotto, cosa vede Paolo?
2. Cosa mangia Paolo per colazione?
3. Cosa fa Paolo alla Spa?

3.5 說一說

請你一邊看圖，一邊用義大利語敘述故事。

Paolo ha fame!

保羅很餓！

Paolo 還在北極，但他不冷了！現在他很餓，他非常餓！他在船上找到了一家帕尼尼專賣店，他走了進去，並點了一個漢堡。正當他要吃的時候，Giulia 打電話給他。

「Paolo，是媽咪！你好嗎？」

「我很好，妳呢？」

「我也很好，謝謝！你在哪裡？」

「我在北極……。」

「你還在北極嗎？那你在做什麼？」

「我在吃漢堡。」

「什麼！漢堡！那是美國人的食物！」

「好啦，媽咪，別生氣！漢堡也不錯啊！」

「你在開玩笑嗎？總之，我正在做千層麵和提拉米蘇，你要過來我這兒吃晚餐嗎？」

「當然！我立刻就到！」

Paolo 搭乘第一班前往義大利的飛機，回媽媽家。掰掰，北極！

4.1 聽一聽 🎧 MP3-104

請你把 MP3 音檔連續聽 3 次，聽的時候只要注意義大利語的音節和
語調即可！如果你在聽的時候，發現頭腦開始發呆停擺，請先休息幾
分鐘再繼續聽。

4.2 寫一寫 🎧 MP3-105

請你一邊聽一邊寫，聽不清楚某些詞也沒關係，繼續聽，直到聽出並寫下大部分的內容為止。

Paolo è ancora al Polo Nord, ma non ha più freddo! Adesso ha _____ , tanta fame! Nella _____ trova una _____ , entra e ordina un hamburger. Mentre sta per _____ , Giulia gli telefona.

"Paolo, sono la _____ ! Come stai?"

"Sto bene, e tu?"

"Anche io sto bene, grazie! Dove sei?"

"Sono al Polo Nord…"

"Sei ancora al Polo Nord? E cosa stai facendo?"

"Sto mangiando un hamburger."

"Come! Un hamburger! Quello è cibo per americani!"

"Dai mamma, non ti _____ ! Anche l'hamburger è _____ !"

"Ma stai scherzando? Comunque, io sto facendo le _____ e il tiramisù, vieni a _____ da me?"

"Ma certo! Arrivo subito!"

Paolo prende il primo _____ per l'Italia e torna a dalla mamma. Ciao ciao Polo Nord!

1. trovare 找到	5. mangiare 吃	9. buono 好吃
2. paninoteca 帕尼尼專賣店	6. telefonare 打電話	10. scherzare 開玩笑
3. entrare 進去	7. cibo 食物	11. cena 晚餐
4. ordinare 點餐	8. arrabbiarsi 生氣	

4.3 讀一讀 🎙️

請你大聲唸出以下短文，重複練習到唸得很順為止。然後把你的朗讀
錄下來聽，並嘗試找出你的發音和標準 MP3 音檔發音之間的差異。

Paolo ha fame!

Paolo è ancora al Polo Nord, ma non ha più freddo! Adesso ha
fame, ha tanta fame! Nella nave trova una paninoteca, entra e ordina
un hamburger. Mentre sta per mangiare, Giulia gli telefona.

"Paolo, sono la mamma! Come stai?"

"Sto bene, e tu?"

"Anche io sto bene, grazie! Dove sei?"

"Sono al Polo Nord..."

"Sei ancora al Polo Nord? E cosa stai facendo?"

"Sto mangiando un hamburger."

"Come! Un hamburger! Quello è cibo per americani!"

"Dai mamma, non ti arrabbiare! Anche l'hamburger è buono!"

"Ma stai scherzando? Comunque, io sto facendo le lasagne e il
tiramisù, vieni a cena da me?"

"Ma certo! Arrivo subito!"

Paolo prende il primo aereo per l'Italia e torna a casa dalla mamma.
Ciao ciao Polo Nord!

4.4 問答

請你用義大利語回答問題。

1. Perché Paolo va in paninoteca?

2. Perché la mamma di Paolo si arrabbia?

3. Cosa sta facendo la mamma di Paolo?

4.5 說一說

請你一邊看圖，一邊用義大利語敘述故事。

CHIAVI 練習題解答

UNITÀ 1 單元一

第一課

1.4.a 請圈出所聽到的音。

1. (ga)   ca

2. (co)   go

3. ci   (chi)

4. ge   (ghe)

5. (gu)   cu

6. chi   (ghi)

1.4.b 請圈出所聽到的音。

1. (ge)   ce

2. ghe   (che)

3. gi   (ci)

4. (che)   ce

5. che   (ghe)

6. (ci)   ghi

1.4.c 請先下載「拼字卡」，再播放錄音，聽到哪一個音節就抽出該音節的「拼字卡」。

1. che、ghe、ce、chi、ci、ga

2. ca、gi、ghe、ce、chi、co

3. ci、che、ghi、gu、ge、go

1.4.d 請以 c 和 ch 填空。

1. c   asa   4. c   omodino

2. c   ioccolato   5. ch   iesa

3. c   eramica   6. c   uscino

1.4.e 請以 g 和 gh 填空。

1. g　omito
2. g　omitolo
3. g　iostra
4. g　eografia
5. g　esto
6. gh　etto

1.4.f 請以 c、ch、g 和 gh 填空。

1. g　onfio
2. c　era
3. gh　epardo
4. c　ubico
5. ch　ilo
6. c　antare

第二課

2.3.a 請圈出所聽到的音。

1. (sca)　　　　　　　　sco
2. (sche)　　　　　　　 sce
3. (scu)　　　　　　　　sca
4. sci　　　　　　　　 (schi)
5. (sce)　　　　　　　　che
6. ci　　　　　　　　　 (sci)

2.3.b 請先下載「拼字卡」，再播放錄音，聽到哪一個音節就抽出該音節的「拼字卡」。

1. sca、schi、sci、sce、sco
2. sci、sco、sche、sce、scu
3. schi、sce、sca、sche、sco

2.3.c 請以 sc 和 sch 填空。

1.　sc　iogliere
2.　sch　iena
3.　sc　egliere
4.　sc　ena
5.　sc　iare

6.　sch　ema
7.　sc　emo
8.　sc　iocco
9.　sch　eletro
10.　sch　ifo

第三課

3.1.a 請圈出所聽到的單字。

1. gambero　　　　　　gambelo
2. falfalla　　　　　　farfalla
3. carino　　　　　　calino
4. sciale　　　　　　sciare
5. callo　　　　　　carro
6. fiole　　　　　　fiore

3.1.b 請以 l 和 r 填空。

1. ca　r　o
2. sa　l　e
3. be　r　e

4. so　l　e
5. fa　r　o
6. me　l　a

3.2.a 請以 b 和 p 填空。

1.　b　ottone
2.　p　arlare
3.　b　iscotto

4.　p　agina
5.　p　anino
6.　b　asta

3.2.b 請以 d 和 t 填空。

1.　d　ado
2.　t　emere
3.　t　opo

4.　d　olore
5.　d　imenticare
6.　t　enere

3.5.a 請圈出所聽到的音。

1. (cavallo)　　　　　cavalo
2. (monello)　　　　　monelo
3. legero　　　　　　(leggero)
4. (panzerotto)　　　　panzeroto
5. mozarela　　　　　(mozzarella)
6. (mortadella)　　　　mortadela

5.1.a 請標示出下列詞語的音節。

1. a-pe-ri-ti-vo
2. giub-bot-to
3. om-brel-lo
4. an-da-re
5. bot-ti-glia
6. bir-ra
7. ci-ne-ma
8. dif-fi-ci-le
9. do-man-da
10. en-tra-ta
11. e-co-no-mi-co
12. feb-bre
13. fred-do

14. gat-to
15. in-se-gnan-te
16. im-por-tan-te
17. in-sa-la-ta
18. leg-ge-re
19. li-bro
20. mam-ma
21. mac-chi-na
22. non-no
23. ner-vo-so
24. nuo-ta-re
25. par-la-re
26. rom-pe-re

5.3.b 請先聽句子，然後決定是否要加句點還是問號。

1. Chiaro　？ 　　　　　　清楚嗎？

2. Davvero　？ 　　　　　　真的嗎？

3. Aspetta un attimo　！ 　　等一下！

4. Cosa ti offro　？ 　　　　我可以招待你什麼？

5. Puoi ripetere　？ 　　　　可以再說一次嗎？

6. Non ci credo　！ 　　　　不相信！

UNITÀ 2　單元二

GIORNO 4

練習一

1. bicchiere　杯子	2. sete　渴	3. bere　喝
4. birra　啤酒	5. bottiglia　瓶子	6. cucinare　做飯
7. metro　捷運	8. correre　跑步	9. camicia　襯衫
10. pesca　桃子	11. chitarra　吉他	12. casco　安全帽
13. latte　牛奶	14. scuola　學校	15. quadro　畫像
16. scivolare　滑倒	17. ballare　跳舞	18. dormire　睡覺

GIORNO 8

練習一

1. sete　渴	2. bere　喝	3. preoccuparsi　擔心
4. parcheggio　停車場	5. mare　海	6. cenare　吃晚餐
7. giubbotto　外套	8. bottiglia　瓶子	9. birra　啤酒
10. traghetto　渡船	11. cinema　電影院	12. lavorare　工作
13. eroe　英雄	14. bicchiere　杯子	15. cucinare　做菜
16. pesca　桃子	17. metro　捷運	18. scuola　學校

GIORNO 12

練習一

1. girare　轉
2. gonna　裙子
3. gelato　冰淇淋
4. freddo　冷的
5. ospedale　醫院
6. ghiaccio　冰塊
7. gatto　貓咪
8. febbre　發燒
9. finestra　窗戶
10. casco　安全帽
11. quadro　畫像
12. correre　跑步
13. camicia　襯衫
14. lavorare　工作
15. giubbotto　外套
16. parcheggio　停車場
17. birra　啤酒
18. mare　海

GIORNO 16

練習一

1. gatto　貓咪
2. bagno　洗手間
3. bere　喝
4. maglione　毛衣
5. giubbotto　外套
6. mare　海
7. finestra　窗戶
8. biglietto　票
9. hotel　飯店
10. scivolare　滑倒
11. insegnante　老師
12. disegnare　畫畫
13. figlio　兒子
14. metro　捷運
15. euro　歐元
16. forchetta　叉子
17. acqua　水
18. freddo　冷的

GIORNO 20

練習一

1. triste　傷心
2. freddo　冷的
3. leggere　讀
4. fame　餓
5. inviare　發送
6. supermercato　超市
7. bagno　洗手間
8. biglietto　票
9. sete　渴
10. insalata　沙拉
11. ospedale　醫院
12. libro　書
13. mamma　媽媽
14. macchina　汽車
15. bottiglia　瓶子
16. forchetta　叉子
17. bicchiere　杯子
18. insegnante　老師

GIORNO 24

練習一

1. inviare　發送　　2. ghiaccio　冰塊　　3. fame　餓

4. parlare　說　　5. ombrello　傘　　6. pizzaiolo　披薩師傅

7. pagare　付錢　　8. nuotare　游泳　　9. occhiali　眼鏡

10. nonno　祖父　　11. nervoso　緊張的　　12. nuvoloso　陰天的

13. supermercato　超市　　14. acqua　水　　15. freddo　冷的

16. sete　渴　　17. leggere　讀　　18. maglione　毛衣

GIORNO 28

練習一

1. regalare　贈送　　2. bere　喝　　3. bigliettto　票

4. pagare　付錢　　5. occhiali　眼鏡　　6. stanco　累的

7. giubbotto　外套　　8. divano　長沙發　　9. sedia　椅子

10. lungo　長的　　11. corto　短的　　12. rompere　打破

13. telefono　電話　　14. ombrello　傘　　15. parlare　說

16. acqua　水　　17. figlio　兒子　　18. mamma　媽媽

GIORNO 32

練習一

1. regalare　贈送　　2. sveglia　鬧鐘　　3. autobus　公車

4. palestra　健身房　　5. telefonare　打電話　　6. divano　長沙發

7. parlare　說　　8. sedia　椅子　　9. ghiaccio　冰塊

10. sciare　滑雪　　11. neve　雪　　12. truccarsi　化妝

13. ristorante　餐廳　　14. macchina　汽車　　15. occhiali　眼鏡

16. scendere　下（樓梯/車）　　17. pagare　付錢　　18. finestra　窗戶

GIORNO 36

練習一

1. zucca　南瓜
2. casa　房子
3. leggere　讀
4. telefonare　打電話
5. fame　餓
6. bistecca　牛排
7. ufficio　辦公室
8. sedia　椅子
9. vestito　衣服
10. parcheggio　停車場
11. scuola　學校
12. università　大學
13. caffè　咖啡
14. risotto　燉飯
15. palestra　健身房
16. fare un viaggio　旅行
17. giubbotto　外套
18. ghiaccio　冰塊

GIORNO 40

練習一

1. sete　渴
2. freddo　冷的
3. tornare　返回
4. pagare　付錢
5. mangiare　吃
6. palestra　健身房
7. ufficio　辦公室
8. insegnante　老師
9. notte　黑夜
10. ascoltare　聽
11. musica　音樂
12. supermercato　超市
13. chitarra　吉他
14. acqua　水
15. zaino　背包
16. caffè　咖啡
17. colazione　早餐
18. bagno　洗手間

UNITÀ 3　單元三

第一集

1.4 問答

1. Perché Paolo ha freddo?

   為什麼 Paolo 很冷？

   Perché Paolo è al Polo Nord.

   因為 Paolo 在北極。

2. Dove va Paolo?

   Paolo 去哪裡？

Paolo prende l'aereo e va ai Caraibi.

Paolo 乘坐飛機前往加勒比海。

3. Perché Paolo ha sete?

為什麼 Paolo 很渴？

Perché ai Caraibi fa caldo.

因為在加勒比地區天氣很熱。

第二集

2.4 問答

1. Dov'è Paolo?

Paolo 在哪裡？

Paolo è ancora al Polo Nord.

Paolo 仍然在北極。

2. Cosa vede Paolo?

Paolo 看到什麼？

Paolo vede un ragazzo, una ragazza, un anziano signore giapponese e una coppia cinese con dei giubbotti verdi.

Paolo 看到一個男孩、一個女孩、一個日本老先生和一對年輕的中國夫婦穿綠色外套。

3. Cosa decide di fare Paolo?

Paolo 決定做什麼？

Paolo decide di seguirli.

Paolo 決定跟蹤他們。

第三集

3.4 問答

1. Mentre cerca il giubbotto, cosa vede Paolo?

Paolo 找外套的同時，看到什麼？

Paolo vede un bar.

Paolo 看見一間咖啡廳。

2. Cosa mangia Paolo per colazione?

Paolo 早餐時吃什麼？

Paolo prende un cappuccino e un cornetto alla crema.

Paolo 享用一杯卡布奇諾和一個卡仕達口味的可頌。

3. Cosa fa Paolo alla Spa?

在水療中心 Paolo 做什麼？

Paolo si fa un bagno caldo e un massaggio.

Paolo 給自己洗個熱水澡和按摩。

第四集

4.4 問答

1. Perché Paolo va in paninoteca?

為什麼 Paolo 去帕尼尼專賣店？

Perché Paolo ha fame, ha tanta fame!

因為 Paolo 很餓，他非常餓！

2. Perché la mamma di Paolo si arrabbia?

為什麼 Paolo 的媽媽生氣？

Perché Paolo sta mangiando un hamburger.

因為 Paolo 正在吃漢堡。

3. Cosa sta facendo la mamma di Paolo?

Paolo 的媽媽正在做什麼？

La mamma di Paolo sta facendo le lasagne e il tiramisù.

Paolo 的媽媽正在做千層麵和提拉米蘇。

Vocabolario 詞彙表

A

acqua	水	020
adesso	現在	152
aereo	飛機	144
alto	高的	148
americano	美國的	089
anche se	即使、雖然	152
anche	也	148
ancora	仍然、還是	016
andare	去、前往	144
anziano	老的	148
arrabbiarsi	生氣	156
arrivare	到、抵達、到達	152
ascoltare	聽	135
Austria	奧地利	045
autobus	公車	060

B

bagno	洗手間	028
ballare	跳舞	038
bar	咖啡廳	144
bella	美麗的	148
bere	喝	062
bicchiere	杯子	061
biglietto	票	026

birra	啤酒	062
bistecca	牛排	129
bottiglia	瓶子	062
buono	好吃	156

C

caffé	咖啡	127
camicia	襯衫	019
Caraibi	加勒比	144
casa	房子 / 家	041
casco	安全帽	029
cassa	箱子	041
cena	晚餐	156
cenare	吃晚餐	018
cercare	找、尋找	152
chitarra	吉他	020
cibo	食物	156
Cina	中國	018
cinema	電影院	068
cinese	中文、中國人	048
città	城市	048
colazione	早餐	137
comprare	買	144
contento	滿意的、開心的	152
coppia	夫婦、伴侶	148

APPENDICE

APPENDICE

APPENDICE

APPENDICE

www.sialiacademy.com

線上義大利文學習教育平台

www.sialiacademy.com

線上義大利文學習教育平台

國家圖書館出版品預行編目資料

6 個月聽懂義大利語 /
Giancarlo Zecchino（江書宏）、吳若楠合著
-- 初版 -- 臺北市：瑞蘭國際，2019.03
176 面；17 × 23 公分 --（繽紛外語系列；85）
ISBN：978-957-8431-84-3（平裝附光碟片）
1. 義大利語 2. 讀本
804.68   107022809

繽紛外語系列 85

6 個月聽懂義大利語

作者｜Giancarlo Zecchino（江書宏）、吳若楠
插畫繪製｜葛祖尹
責任編輯｜葉仲芸、王愿琦
校對｜Giancarlo Zecchino（江書宏）、吳若楠、葉仲芸、王愿琦

義大利語錄音｜Giancarlo Zecchino（江書宏）
義大利語發音之歌編寫｜Massimo Lo Duca
錄音室｜采漾錄音製作有限公司
封面設計｜劉麗雪
內文設計、排版｜方皓承

董事長｜張暖彗・社長兼總編輯｜王愿琦

編輯部
副總編輯｜葉仲芸・副主編｜潘治婷・文字編輯｜林珊玉、鄧元婷
特約文字編輯｜楊嘉怡
設計部主任｜余佳憓・美術編輯｜陳如琪

業務部
副理｜楊米琪・組長｜林湲洵・專員｜張毓庭

法律顧問｜海灣國際法律事務所　呂錦峯律師

出版社｜瑞蘭國際有限公司・地址｜台北市大安區安和路一段104號7樓之一
電話｜(02)2700-4625・傳真｜(02)2700-4622・訂購專線｜(02)2700-4625
劃撥帳號｜19914152 瑞蘭國際有限公司
瑞蘭國際網路書城｜www.genki-japan.com.tw

總經銷｜聯合發行股份有限公司・電話｜(02)2917-8022、2917-8042
傳真｜(02)2915-6275、2915-7212・印刷｜科億印刷股份有限公司
出版日期｜2019年03月初版1刷・定價｜380元・ISBN｜978-957-8431-84-3

 本書採用環保大豆油墨印製